# 藏在故事里的
# 必读古诗词

## ·大美天地篇·

张双◎著

北方文艺出版社

**图书在版编目（CIP）数据**

藏在故事里的必读古诗词.大美天地篇 / 张双著
.-- 哈尔滨：北方文艺出版社，2019.11（2021.9 重印）
ISBN 978-7-5317-4360-6

Ⅰ.①藏… Ⅱ.①张… Ⅲ.①古典诗歌－诗歌欣赏－
中国－青少年读物 Ⅳ.①I207.22-49

中国版本图书馆 CIP 数据核字（2019）第 176699 号


藏在故事里的必读古诗词·大美天地篇
Cangzai Gushili de Bidu Gushici Dameitiandipian

作　者 / 张　双

责任编辑 / 富翔强　徐　昕　　　　　　装帧设计 / 平　平 @pingmiu

出版发行 / 北方文艺出版社　　　　　　邮　编 / 150008
发行电话 /（0451）86825533　　　　　经　销 / 新华书店
地　址 / 哈尔滨市南岗区宣庆小区 1 号楼　网　址 / www.bfwy.com

印　刷 / 天津旭非印刷有限公司　　　　开　本 / 880×1230　1/32
字　数 / 150 千　　　　　　　　　　　印　张 / 8.5
版　次 / 2019 年 11 月第 1 版　　　　　印　次 / 2021 年 9 月第 4 次印刷

书　号 / ISBN 978-7-5317-4360-6　　　定　价 / 39.80 元

# 序 言

　　"景无情不发，情无景不生"，这是宋代诗人范晞文在《对床夜语》中对诗词情景关系所表达的一个观点。

　　也就是说，"情""景"不是简单的相加，而是融为一体。诗人在写景的诗词中会注入喜怒哀乐等诸多情感。所以，诗词中的景色也与现实的景色略有不同。

　　正如王国维所说："一切景语皆情语也。"一语道出了景物在古诗词中举重若轻的地位。

　　古人用诗词描绘风景，而江山风光还诗以万千感慨。清代学者吴乔在《围炉诗话》中说："夫诗以情为主，景为宾。景物无自生，惟情所化。情哀则景哀，情乐则景乐。"即景是随着情的变化而变化的，情的哀乐会影响到景的哀乐，"景生情，情生景"，情景交融，相互依存。

　　诗词是情与景结合的最佳承载方式，它语言精练，格律兼具声韵对仗之美，虽小巧，但意境无穷。寥寥数句之间，仿佛走遍千山万水，领略大美河山。

从《诗经》开始，历代文人墨客就喜欢游历山河美景，在山水中泼墨挥毫，寄情于诗词。一盏清茶，一抹清香，墨色渲染，风景跃然于心间，而心悠然于风景中。

提笔成诗，悠悠诗意传情，朗朗世间，昭昭岁月永世不息。捧一卷诗词，远离生活的喧嚣。在诗词中，万里河山，烟火人间，夭夭桃花，尽收眼底。

当诗人们凝望高山大川、浩瀚星海时，或咏激昂豪迈之势，或叹伤感失落之意，或歌咏奋进慷慨之志，或寄无言感动之情。既有"江天一色无纤尘，皎皎空中孤月轮"的恬静优美，也有"千里江山寒色远，芦花深处泊孤舟"的萧瑟凄清……

在那个缺少科技产品的年代，诗词代替摄像机保留了"浩瀚星空挂银钩，月映清辉染阁楼"的美景，描绘了摄像机也无法展现的绝美风景。

当现代人看到气势万千的瀑布，脑中浮现的是"飞流直下三千尺，疑是银河落九天"的恢宏气魄；看到春日的绵绵细雨，绿草摇曳，想到的是"天街小雨润如酥，草色遥看近却无"；看到炎炎夏日池塘盛开的荷花，想到的是"接天莲叶无穷碧，映日荷花别样红"；看到秋日发黄的叶子，斜阳下的水天相连，想到的是"碧云天，黄叶地，秋色连波，波上寒烟翠"；看到冬日的清冷中点缀的素梅，想到的是"遥知不是雪，为有暗香来"……

可以说，世间最美的风景，都藏在流传千载的古典诗词中。

　　诗词和风景都是上天赋予人生最美的礼赞，读史让人明智，读诗使人灵秀。有人说，诗词无非咬文嚼字卖弄文采。诚然，读诗可能并不能让一个人生活富足，但却能让人在诗中与诗人同悲同乐，认识自我，让精神得到升华和满足——

　　当古诗词遇上绝美风景，一字一句都惊艳。天地有大美，人生有诗意。四时佳景，山水画图，自有万般诗意在心间。

# 目录
## Contents

## 111 — 第二辑　花鸟鱼虫自然趣，山水云树鬼斧工

第一辑

# 气象苍茫洒日月，春光灿烂照乾坤

清浅流年，时光一寸寸随云烟缈缈而去，而那些看似了无痕迹的风光，被封存在那古老的诗篇中，它们涌动着，漫燃着，只待谁的指尖划过，将美景重现。

"一川烟草，满城风絮"，是谁在那小楼听了一夜的风雨？是谁被那杏花雨沾衣欲湿？

# 曹丕　丹霞蔽日，采虹垂天

### 丹霞蔽日行

［魏］曹丕

丹霞蔽日，采虹垂天。

谷水潺潺，木落翩翩。

孤禽失羣，悲鸣云间。

月盈则冲，华不再繁。

古来有之，嗟我何言。

曹丕，字子桓，三国时期豫州沛国谯县（今安徽省亳州市）人。著名的政治家、文学家，曹魏开国皇帝，史称"魏文帝"。魏武帝曹操的次子，继室卞夫人的嫡长子。

曹丕没有他父亲曹操"挟天子以令诸侯"的霸气，但是他野心不算小，因自幼"善骑射，好击剑"，常常跟随曹操四处征战。所以，在曹操逝世后，曹丕继任丞相、魏王。于同年"受禅"登基，以魏代汉，结束了汉朝四百多年的统治，建立了魏国。

曹丕不仅是一个成功的政客，同时也是一位文采斐然的诗人。他文武双全，博览经传，通晓诸子百家学说。有人说曹丕"武不如其父曹操，文不如其弟曹植"，但是这也不能说明曹丕就是一个不学无术的人，他"以文学批评家的眼光与作为，开创了文学自觉的新时代，创造性地拓宽了诗歌创作的样式，成功地完成了文人七言诗的创作"。

他的《大墙上蒿行》开创了长篇杂言乐府的新篇章；他的《燕歌行》是中国现存最早的文人七言诗；他的五言和乐府诗清绮动人；他的《典论·论文》是我国文学批评史上第一篇专题论文，在文学批评史上占有重要的地位。

曹操对于儿子们的表现是有着自己的想法的，他并不喜欢曹丕，而是更喜欢小儿子曹冲。曹操曾对曹丕说："曹冲之死是我的不幸，但却是你的大幸。"

也许，这句话伤过曹丕的心，他后来也常对人说："如若曹冲仍然健在，将没有我的世子之位。"所以，他的作品几乎都弥漫着一股忧伤的情绪，同时也有一丝丝若有若无的惆怅萦绕，而这首《丹霞蔽日行》也不例外。

诗的前四句说的是红霞遮天蔽日，彩虹遥挂天际，溪水潺潺流淌，落叶翩翩飞舞。这些景色都绚烂至极，最终又都会归于平静。

而后六句则说，鸟儿脱离了鸟群，独自在云间悲鸣。月圆之后就是月缺，盛开的花不再旺盛生长。这些现象自古就存在，我何必再来感慨呢？

曹丕在诗中表达了对自然的感悟，也说明了万事万物都有其发展规律，凡事都应该顺其自然，不可强求，人应该以平静恬淡的心境来面对这世间的千变万化。其中，也体现出了一丝道家无为的思想。

在曹丕的其他作品中也可以读到他这种"自带忧伤"的感觉，比如《善哉行》中"人生如寄，多忧何为？今我不乐，岁月如驰"，意为：人生不过是暂时寄托于人世，何必如此忧伤呢？就算我现在不快乐，时光也一样会飞逝，不会因为我的忧伤而有半刻的停留。

即便是手握重兵，权倾天下，也会有无缘无故的忧伤。曹丕身为君王有这样的忧愁，我们作为普通人自然也是如此。仔细品读他的文字就会有一种感觉：他总是能够恰到好处地描述出人类所共有的情感体验。或许，这也是曹丕的诗歌历来为人所称道的原因吧。

《三国志》的作者陈寿对于曹丕的评价很高："文帝天资文藻，下笔成章，博闻强识，才艺兼该；若加之旷大之度，励以公平之诚，迈志存道，克广德心，则古之贤主，何远之有哉！"

也许，曹丕没有弟弟曹植的"独占八斗之才"。然而，这种细腻的情思，这种挥之不去的孤独感，却能够引起后世读者深沉的共鸣。

# 曹植　明月照高楼，流光正徘徊

## 七哀诗

### ［魏］曹植

明月照高楼，流光正徘徊。上有愁思妇，悲叹有余哀。

借问叹者谁？言是宕子妻。君行逾十年，孤妾常独栖。

君若清路尘，妾若浊水泥。浮沉各异势，会合何时谐？

愿为西南风，长逝入君怀。君怀良不开，贱妾当何依？

曹植，字子建，曹操之子，魏文帝曹丕之弟。在父亲光芒的照耀下，曹植也毫不逊色，他在文坛上大放异彩，作为建安文学的代表人物之一与集大成者，他在南北朝时期更是被世人推尊到文章典范的崇高地位。

南北朝时期杰出的诗人谢灵运曾言："天下才有一石，曹子建独占八斗，我得一斗，天下共分一斗。"这是对曹植的高度认可和赞扬。

曹氏父子"一家皆英才"，曹植的父亲曹操既是杰出的军事家、政治家，也是一位诗人，其诗朴素自然，清峻简约，更兼有吞吐天下的气概和宽广博大的情怀。

兄长曹丕的作品感情真挚凄怆，语言婉转流畅，字里行间充斥着人生感慨和人生哲理的思考。

曹氏父子三人因在诗文上的卓越成就，开建安时期一代风气，塑成独特的文学风骨，世人因此把他们并称为"建安三曹"。

一家亲骨肉理应其乐融融，可君王之家又怎么会像普通家庭那般和睦？曹操对曹植这个天资聪颖、才华横溢的儿子颇为偏爱。

曹植年少时就能诵读典籍名篇，广泛涉猎诸子百家作品。他才思敏捷，善言谈，每每被父亲提问，常常对答如流。曹操曾经看过曹植写的文章后异常欣喜，甚至以为他是请人代写的，为了打消父亲的疑问，他甚至让父亲当场向他提问。

曹植性情比较坦诚、率真、自然，在生活中也不注重华丽的车马服饰。这一切都十分合曹操的口味。

曹操对曹植的这份喜爱，在其另一个儿子曹丕的眼里就是偏爱。曹丕既嫉妒父亲对曹植的过分关注，也对他这个弟弟的文才心生忌惮，更是对曹植"不羁放浪"的行为颇有微词。而这时期曹植的诗词多充满着昂扬的志气，豪壮的雄风，闪耀着那个时代的光辉，更显出他英姿勃发的身影。

然而，人无完人，曹植身上的才子气太浓烈，性格上洒脱不羁，日常行为上不懂得约束自己，饮起酒来毫无节制，曾做出几件让曹操很是失望的事，以致后来不再受重用。曹丕登位后，曹植更是麻烦不断。

相传，一次在大殿之上，曹丕命曹植在七步之内作出一首诗，否则将处死他，曹植越想越悲伤，才思和忧愁不断涌出，在不到七步之内便悲怆吟出一首《七步诗》："煮豆持作羹，漉豉以为汁。萁在釜下燃，豆在釜中泣。本自同根生，相煎何太急？"从此，兄弟二人离心断情。

半生优渥，半生波折，造就了曹植后期的诗词文风。"明月照高楼，流光正徘徊。上有愁思妇，悲叹有余哀。"一声惆怅一诗情。这首诗却是曹植内心泣血、郁郁寡欢和对兄长无法表达的情怀，可谓是诗人心理活动真实的写照。

诗明处写怨妇思念远方郎君的情怀，暗中排解抒发诗人对兄长的情意和自己郁郁寡欢的心情。明月，流光，高楼，徘徊，月夜思君不见君。这首诗明面上写的是女子独倚高处不胜寒的古楼，对着自己的影子自哀自怜，眼神飘向远方，思念着不知在何处的郎君。然而，这孤只单影又何尝不是落寞的曹植自身的生动写照。

"上有愁思妇，悲叹有余哀"，内心情绪，充满着悲叹和哀伤，终日心慌慌思念良人却不得见，甚至音讯中断无法联系，而日日想着能获得重用的曹植，内心戚戚然也只剩彷徨。

"借问叹者谁，言是宕子妻"——请问楼上在深夜叹息的是谁？自言是远游在外行人的妻子。语言利落干脆却思绪万千，饱含无奈深情、悲苦和期盼。只剩那不被赏识的诗人在深夜里叹息，这忧伤无人可讲。

"君行逾十年，孤妾常独栖"——思妇向人诉说着丈夫离开后自己的孤寂："我的夫君已远行在外超过十年了，只留我自己孤独冷清地守候在这里。"进一步突出了思妇的悲哀叹息——不被重视，不被接受，热烈的心被冷落了许久，只留下我独自徘徊在这凡尘，又怎么不清冷，不寂寞，人生又哪有欢乐可言？

"君若清路尘，妾若浊水泥"——妇人将夫君比喻为道路中飞扬的尘土，将自己比喻为污浊肮脏的水中泥，两人天差地别，难以融合在一起，她的夫君高高在上，不屑与自己生活，自己卑微在下，非常悲哀。

这好似在说：我的兄长啊！你就是那天上的飘逸的仙，我就是那地下最卑微的尘土，本是同根生，如今你嫌弃我的卑微，我无法仰望你的高度，这世间何其残忍，让兄弟成了冤家，让亲人生了怨恨。

"浮沉各异势，会合何时谐"——清尘轻浮地往上飘，水泥往下沉，所处的位置是截然不同的，本就各自相异，所以融合在一起的机会是非常渺茫的。曹丕为君，曹植为臣，君臣之间本就云泥之别，更何况这个臣还是被厌弃的臣弟，什么时候才能敞开心扉，以宽怀之心接受我这小小臣子的眷眷之情，什么时候兄弟二人才能和谐共处呢？

"愿为西南风，长逝入君怀"——虽然被夫君厌弃，也明白两人的云泥之别，但是可以的话，思妇依然愿意义无反顾地化作那西南风，从人间消逝而投入夫君的怀中！正如曹植被自己的兄长疏远、嫉妒、排斥，内心的苦闷也如这诗中的思妇一样，虽愁思悲哀，但是心中依然愿意为自己的兄长，也是自己的君主——鞠躬尽瘁，死而无憾。

"君怀良不开，贱妾当何依"——思妇很了解自己夫君的想法，超过十年了，一次也没有联系，夫君的心早已不向她开放，放弃了她，她还有什么可依靠可依赖的呢？哀怨之情，溢于言表。

无奈，曹丕不可能对曹植敞开心扉，他的怨念无法排解，只能以此诗抒发自己的抑郁。

而读者读到这里，不仅能跟着诗中思妇一起悲、一起叹、一起思、一起怨，更能理解诗人的孤寂、悲哀，以及他燃起希望，继而灰心失落；重拾神采，再次请愿，又被无情中伤的曲折心情。

"愿为西南风，长逝入君怀"——是此诗里的点睛之笔，也是曹植发出的执着而深沉的誓言。诗中的思妇独守空房十年，没有沉沦和消沉颓废，而是矢志不渝，愿化作清风随君而去，这是思妇此生唯一的期待和执念。

曹植也是如此，他在认清变化无常坎坷的命运之后，并没有放弃初衷，而是"长怀永慕，忧心如醒"（《应诏诗》）。而数年的排挤冷落，也并未熄灭曹植对未来的期许。年近不惑的曹植始终未放弃自己未酬的壮志。

时间转瞬，年复一年，曹植心中却不曾掠过一丝就此沉沦的念头，更一直坚守着自己毕生的心愿——"宁作清水之沉泥，不为浊路之飞尘"。这是他至死坚定的信念，也是他精神的依托。由此，铸就了曹植的"骨气奇高"的气质与风格。

# 佚名 天苍苍，野茫茫，风吹草低见牛羊

### 敕勒歌

[北朝]佚名

敕勒川，阴山下。天似穹庐，笼盖四野。

天苍苍，野茫茫，风吹草低见牛羊。

正如"自古逢秋悲寂寥"一般，诗人们写阴山，也都充满了悲情、壮志，或战争的肃杀。比如，王昌龄的"但使龙城飞将在，不教胡马度阴山"，戴叔伦的"汉家旌帜满阴山，不遣胡儿匹马还"。

在战争时期，阴山是战火连天的边疆，是冷清萧瑟的形象代表。而和平时期的阴山是一个水草丰美的地方。

自古山水相逢，依山傍水，一静一动，一刚一柔，无处不散发着截然不同的生机活力和不同的审美观感。

仁者乐山，智者乐水，而横亘在内蒙古中南部的阴山山脉，山水草原相依，上天将美景皆存此处，不知道倾倒了多少墨客骚人，荡涤了多少迷茫心灵。

　　远古时期，阴山还是茫茫的古海，后来沧海桑田，古海衍生成了高山和广阔的草原。阴山南一片沃野，广阔无垠的敕勒川，辽阔肥美的农田草甸养育了无数民众。北狄、匈奴、蒙古等游牧民族先后在这里扎营生活，饮马星河，日夕劳作。

　　一千五百年前，鲜卑人用鲜卑语言创作出了以阴山为背景的民族歌谣——《敕勒歌》。到了魏晋南北朝时期，民族大融合进一步加强，敕勒歌的汉语版流传开来。当人们诵读吟唱那通俗易懂的歌词时，仿若置身于蓝天绿草白云间。而草原也成了无数人为之向往的地方，成了纯洁、神圣、自由的象征。

　　今天流传的《敕勒歌》选自《乐府诗集》，它歌咏了北国草原富饶壮阔的风光，也写出了敕勒人的明朗豪爽，热爱家乡的豪迈气概。"敕勒川，阴山下"，点出敕勒川位于高耸连绵的阴山山脉脚下，将草原的雄伟壮观一语道破。

　　"天似穹庐，笼盖四野"，古人以天为盖以地为庐，而极具蒙古特色的蒙古包，也在天地之间，无垠的天空笼罩着草原的四面八方，天野相接，连成一片，茫茫然不知天有多大，让人顿时觉得自然的伟大。

　　最后三句描绘了一幅如水洗过般透蓝的天，千万年依然纯真如初。在诗的意境中，原野的碧波荡漾开来，远望没有尽头，人显得更加渺小。草原的风带着芳草的气息拂过，碧草起起伏伏，肥美的牛羊悠然出现。

诗中有静有动，有色有彩。蓝的天，绿的草，黄的牛、白的羊，清新的风，淳朴的人。让人在这恢宏的旷野中为自然赞叹，让心灵开阔，然后知足地平静。

白居易写草原："离离原上草，一岁一枯荣。野火烧不尽，春风吹又生。"这是生命的颂歌，诗中写出小草的韧劲，而更多的是人生的感慨。今人歌颂草原："黄毯悄然换绿坪，古原无语释秋声。马蹄踏得夕阳碎，卧唱敖包待月明。"

草原的景象入诗，诗人多表达思念和深邃情怀。而《敕勒歌》语言通俗，不似文人讲究韵脚，逐字推敲那般严谨，却让人读后通体舒畅，进而有感而发。

为什么鲜卑人能将《敕勒歌》唱到了所有人的心里？也许是因为他们对这片土地爱得深沉。

# 陆机　照之有余辉，揽之不盈手

### 拟明月何皎皎

［西晋］陆机

安寝北堂上，明月入我牖。

照之有余辉，揽之不盈手。

凉风绕曲房，寒蝉鸣高柳。

踟蹰感节物，我行永已久。

游宦会无成，离思难常守。

南朝梁的文学批评家钟嵘《诗品》卷上云："陆才如海，潘才如江。"这之中的"陆"指的就是西晋诗人陆机，"潘"指的是同时期的素有古代第一美男之称的潘安（潘岳）。后人以"陆海潘江"来赞誉两人的才华横溢。

陆机，字士衡，吴郡吴县人，西晋著名文学家、书法家。陆机出身名门世家吴郡陆氏，他不光有文才还有武略，在吴国时曾担任牙门将一职。

吴亡后陆机和其弟陆云出仕西晋，来到洛阳。两人的文才轰动一时，名声大振，当时有"二陆入洛，三张减价"之说。"三张"是指张载与他的两个弟弟张协与张亢。他们都是西晋著名的文学家，因此被人尊称为"三张"。"二陆"到了洛阳，使得"三张"的名声都降了下来。

后来，陆机一直很受朝廷重视，并担当要职。

陆机的诗与骈文俱佳，在书法上也有独特魅力，其《平复帖》是中国古代存世最早的名人书法真迹，有"法帖之祖"的美誉。他写的草书，若篆若隶，笔法奇崛。

西晋时期社会安定，文学发展迅猛。陆机、陆云两兄弟和以潘安为代表的"金谷二十四友"，经常聚集在二十四友之一的石崇家的产业——洛阳金谷园中。每每集会，这些青年才俊们一起探讨文学，吟诗作赋，彼此切磋才艺，增进友情。

他们创作出的诗歌数量甚至占据西晋文学里诗歌总量的半壁江山，他们的文学活动将西晋文学推向了繁荣。除陆机和潘安外，这个小团体的其他成员也各有不凡，如刘琨、左思等。他们著有《金谷诗序》传世，也形成了太康文学，塑造了太康诗风。

陆机不仅精通诗文书法，在史学和绘画艺术上也颇有建树，并留下许多名篇。张华曾对陆机说："别人作文，常遗憾才气少，而你更担心才气太多。"

陆机才如泉涌，诗、文、史、书、画皆有成就。怪不得有人看了陆机的作品后，烧掉了自己的笔砚，因为陆机的才华无法企及。

陆机的文章文辞优美，追求华丽辞藻，音律和谐，对偶工整，在诗歌中运用排比，增加铺陈，让诗歌焕然新生，更富瑰丽。

此诗是一首拟古诗，原诗《明月何皎皎》是一首汉代五言诗，此诗通过皎皎明月抒发主人公的愁思。而陆机的拟古诗意境与原诗有相似之处，但词句皆不同，用旧名赋新诗，增添了新的意境。

诗人安寝在北堂，正值夜深人静。此时，清冷的月光从窗户洒进整个卧室。望着这倾泻满屋的光辉，诗人情不自禁地伸出手想将月光揽入怀中，可是伸开又紧握，月光无形，只落下有些遗憾的微微叹息。

月光轻盈恍惚但不可握住，也握不住。这飘忽的月光也像那远游的丈夫，只有空名，而不在身边。

抓不住的沙放下也罢，揽不住的月光放下也罢，月夜下想把这"余辉"全部收揽的又何止诗人一个。就像世间，抓不住的东西又何止这些，诗人从不追求才名永垂不朽，而世人想抓住的权力却转眼成泡影。

北风带着凉意从房子的四面八方吹进，使人倍觉凄凉，辗转难眠。屋外高高的柳树在院落里舞着黑色的树影，秋蝉凄清地叫着，让本来就难眠的人更觉烦躁。

　　这几句勾画出一个闺妇在月夜里因相思而孤枕难眠、凄清畏冷的形象。月色，凉风，寒蝉，这些景色都有幽深的意象。痴女怨妇，自古便是诗人笔下的风景，每个人愁苦不同，却总离不开人世之苦，只是渲染的景色不同，幽怨便写出了层次。

　　妇人已经感知到暮秋时节的萧凉，顺其自然地想起丈夫已经在外行游了太长时间。没有亲人在身旁，两地分居的生活让思念更加强烈，难以排解。

　　这最后一句是游宦之人在外漂泊后的深思和对生活不易的感慨。远离家乡，谋求仕途的人，无论顺遂还是坎坷，那一方家乡，无论是繁华之地还是朴实乡村，都是心中最温暖的存在，总是引人遥望。

# 张若虚　江天一色无纤尘，皎皎空中孤月轮

## 春江花月夜

[唐]张若虚

春江潮水连海平，海上明月共潮生。

滟滟随波千万里，何处春江无月明！

江流宛转绕芳甸，月照花林皆似霰。

空里流霜不觉飞，汀上白沙看不见。

江天一色无纤尘，皎皎空中孤月轮。

江畔何人初见月？江月何年初照人？

人生代代无穷已，江月年年只相似。

不知江月待何人，但见长江送流水。

白云一片去悠悠，青枫浦上不胜愁。

谁家今夜扁舟子？何处相思明月楼？

可怜楼上月徘徊，应照离人妆镜台。

玉户帘中卷不去，捣衣砧上拂还来。

此时相望不相闻，愿逐月华流照君。

鸿雁长飞光不度，鱼龙潜跃水成文。

昨夜闲潭梦落花，可怜春半不还家。

江水流春去欲尽，江潭落月复西斜。

斜月沉沉藏海雾，碣石潇湘无限路。

不知乘月几人归，落月摇情满江树。

张若虚是初唐诗人，与贺知章、张旭、包融并称为"吴中四士"。张若虚诗作传世的并不多，《全唐诗》仅存两首，但质量奇高，其中的一篇《春江花月夜》有"以孤篇压倒全唐"之美誉，闻一多评价《春江花月夜》是"诗中的诗，顶峰中的顶峰"。

诗篇题目便情景交融，引人入境。春、江、花、月、夜，这五种意象，逐一铺开，又紧密相连，勾勒出最动人的良辰美景，令人神往。《春江花月夜》又宛如一幅清新古典的水墨画，无处不散发出清雅壮丽的意境。

诗人开篇即擒题，描写江潮连海，月共潮生的景色。春日的江潮声势浩荡，汹涌的碧波荡漾着奔向大海，江海连成一片，一轮明月静静地从海的边际慢慢升起，好像要与潮水一起涌出来。在壮观的景象、宏伟的气势中他将这潮水写得与众不同，有明月潮水活泼轻快的动态美和鲜活的生命形象。

江水曲曲折折地绕着花草丛生的原野缓缓流淌，寂静的夜色中，月光照射在鲜花、绿树上，好似撒上一层洁白无瑕的雪花，而点点白雪闪烁着皎洁的光。诗人轻挥一笔，便将春江月夜中的奇妙之"花"点染开来。妙笔生花，月光恬淡，诗人洞悉月光的唯美和变幻：月光似薄纱笼罩这世上的一切，皎洁的明月光使春江月夜显得分外恬静幽美。

诗人将笔墨凝注于孤月，不禁让人想起张九龄的那首《望月怀远》，因月光洒落忆起远方佳人而情不自禁地感叹——"海上生明月，天涯共此时。"古人总是举头凝望柔情似水的月亮，创作出流芳百世的诗词佳句，用以寄托对天边恋人、亲人的思念。

诗人两次写月，初生月的朦胧，高悬月的皎洁，并由此引发思古之情。"江畔何人初见月？江月何年初照人？"诗人面对这一轮江月沉思，心中感慨万千又充满了迷惘。江边上是什么人最初看见的这轮月亮，而江岸上的月亮又是哪一年开始照耀着人？这是一个看似简单的问题，却又叫人无法解答。

生命到底起源于何时？诗句中充满了哲思，更充满一种超前的宇宙意识。

"人生代代无穷已，江月年年只相似"，人生一代一代没有尽头，不断地繁衍，此时的江月和彼时的江月一样，亘古不变。而这与刘希夷的名句"年年岁岁花相似，岁岁年年人不同"如出一辙，年年岁岁繁花依旧绽放，岁岁年年看花之人却各不相同。张若虚感叹人生匆匆而过，而只有江月长存于世；刘希夷感慨事物依旧，而人生易老。这里的代代，年年，叠用了两次，更突出了诗文的音节韵律美，给人一种清峻真切之感。

孤月悬在夜空中，不知等待着什么人，清浅的月光下，只见长江湍急的水流不停地奔腾远去。随着月色的浓厚思绪的变迁，诗篇纵生波澜，将诗情推向更为深远宽广的境界。

江月等人不得，江水无情东流去，诗人由自然景色转到了人生景象，引出下半篇人物之间的离愁情思。人事变迁而江水依旧东流，这茫然的自然景象，渺小的人类又如何控制呢？也只是徒留感伤而已。

继而，诗人描绘了月夜中思妇与游子分隔两地的情形。游子如白云般飘然离去，思妇站在离别的地方忧愁等候，一边是游子的漂泊，一边是思妇的相思，诗人用设问描写出了一种充满相思离愁的情景。

画面打开，两个镜头、两个空间、两种相思离愁，重合在一首诗里，将离愁别恨写到极致。在此明月之夜，是哪家的游子坐着一叶扁舟在漂泊之中？又是谁独自在那月明如水的小楼上深深思念？

楼上不停游移的月光，照耀着早已因良人离去而懒得再用的梳妆台。月光照进门帘，离愁别绪更加萦绕于心怀，明月照在她的捣衣砧上，拂不掉躲不开这离愁苦思。这时远行的人互相望着月亮，但是有再多的情怀对方也听不到，真想随着月光去照耀着他。可是，即使能像鸿雁那样飞翔万里，也无法带走思妇的思念之情；明月下，春江里，鱼儿在水中不断地跳跃，激起阵阵波纹又有何用。

寥寥数语，离愁别恨抒发得情真意切。昨天夜里梦见落花飘零，可惜春天过了一半，自己还是身在他乡不能回家。江水奔流不息，仿佛要把春光流尽，水潭上倒映出思念的月光。不知不觉月已西斜，月儿慢慢下沉，隐入海雾里，碣石与潇湘的游子隔着千山万水。梦里花落，江水奔流，青山绿水，月儿西沉，这思念的月光又何尝不残忍呢？

不知有几人在这轮月光下回家，而我只有望着那西落的月亮，让思念洒满了江边的树林。人间离情万种都在那月夜花树上摇曳，在这样激荡的情思里结束全篇，情笔生花，景生情，余音旋绕，勾人心魄，让人深感惆怅，不舍得诗的完结，更不舍那一抹空灵而幽美的月光。

诗篇中江与月出现数次，每次皆不相同，两个景象被反复拓展，不断深化升华。月之变幻，神秘，皎洁，明媚，轻柔，缥缈，叹惋……尽在其中。试问世间谁能把一轮江月写到如此清雅迷离，不经意间却夺人心魄的地步？

唯有"诗真艳诗，才真艳才"的张若虚一人而已。

"山月不知心里事"，而张若虚却知道这月亮的心事、月下的故事。一轮明月千古未变，月光下变化的人一直在演绎着不同的岁月，有的对着月亮发表誓言，有的在月光下相思，有的举杯邀请，有的对着月影流连……

《春江花月夜》，就如同那轮光耀古今的江月一般，不朽而璀璨。

# 王维  大漠孤烟直，长河落日圆

## 使至塞上

[唐] 王维

单车欲问边，属国过居延。

征蓬出汉塞，归雁入胡天。

大漠孤烟直，长河落日圆。

萧关逢候骑，都护在燕然。

有人说，李白是天才，天纵奇才；杜甫是地才，人间百态；王维诗画传情，是人才。而我认为王维是全才——他不仅是唐朝著名诗人，还是中国水墨山水画的开山鼻祖。

钱钟书曾称他为"盛唐画坛第一把交椅"。具体说来，他工于音律，做过掌礼乐之官，善书法、篆刻，在诗歌领域更是全面开花，无论边塞诗、山水田园诗等，都有脍炙人口的佳篇。可以说，王维良好的艺术素养对其诗歌创作产生了深远的影响。

王维的山水诗总是能敏锐地捕捉到万物生辉的大自然景物中最引人入胜的瞬间，而在写景的同时，不少诗作极富深情，时而寂静幽清包含禅意，时而深情浓厚以景衬情。王维的抒情小诗都是五言或七言的绝句，感情真挚，不用任何雕饰，具有淳朴自然之美，代表了盛唐绝句的最高成就。王维的军旅和边塞诗都是雄壮飞动，境界阔大之作，一首《使至塞上》更是豪壮雄浑，气势非凡。

开元二十五年（公元737年）春，唐玄宗命王维以监察御史的身份奉使凉州，出塞宣慰，察访军情，将王维排挤出朝廷。这首《使至塞上》便是作于出塞途中的一首纪行诗，记述了他在出使塞上的路途中所见的塞上风光，也抒发了诗人漂泊天涯的孤寂之情。

"单车欲问边，属国过居延"：轻车前往更凸显诗人被排挤后的孤独，虽轻装上阵但内心沉重。先是自问自答这里是哪里，路经的属国已过居延（今甘肃张掖县西北），远在西北边塞，同时点明地点。

"征蓬出汉塞，归雁入胡天"："蓬草"随风飞转，诗人就是那如"蓬"和"雁"一般漂泊在外的游子。在朝为官，身不由己，王维被排挤离开朝廷，内心的忧愤抑郁像随风飘摇的蓬草一样，出了"汉塞"，像振翅北飞的"归雁"，进入"胡天"。从国都到胡地，相隔万里，茫茫征途。仅仅十个字，深重的孤独感、飘零感已深深扎入人心。

不禁抬头望着茫茫沙漠，诗人专心观景用以自我安慰排解，刻画了沙漠典型景物："大漠孤烟直，长河落日圆。"浩瀚无垠的沙漠中一缕孤烟直上云霄，无尽无止的黄河上发散着余晖的落日浑圆。"大"字表现了沙漠的无边无际。边塞荒凉广阔，人烟稀少，烽火台燃起的那一股狼烟格外醒目。因此，诗人称之为"孤烟"。

是的，诗人就是那大漠中的那一缕孤烟，萧条单调，却又挺拔坚毅。

横贯沙漠的黄河，在一片黄沙下显得孤寂而悠长。自古逢落日而感伤，一个"圆"字却让人体会到淡淡余晖中的温暖，以及大漠中落日苍茫的感觉。诗人把自己的孤寂融入这广阔悲凉壮观的景色里，内心顿觉开阔。

曹雪芹在《红楼梦》中借书中人物香菱之口评价此诗："'大漠孤烟直，长河落日圆。'想来烟如何直？日自然是圆的。这'直'字似无理，'圆'字似太俗。要说再找两个字换这两个，竟再找不出两个字来。""诗的绝妙，有口却不知道从哪说起，看似用字平庸，想来想去竟是有理有情的。尤其'直'和'圆'二字，极具锤炼雕琢，亦极其自然。"

伴着一路黄沙，带着诗人的慷慨悲壮之情，终于到达边塞，全诗也从壮阔雄奇、气象雄浑的景象回归到现实。到了边塞，却没有遇到将官，路遇的侦察兵告诉出使塞外的诗人：主帅正在燕然前线未归。此时，诗篇戛然而止，而故事还在继续，给人意犹未尽的余地。

王维将以往苍凉的边塞诗赋予了画卷的美感，将塞外风光描写得淋漓尽致。这首诗有着画一样的构图：从天边悬挂的落日，到空中升起的烽烟，再到地下蜿蜒的河流；从近处的孤烟到远处的夕阳，到整个苍茫无边的大漠。景物虽不多但典型，写出了空间的开阔，而景物转换层次也非常丰富。

而《诗经》中也有一首与众不同的边塞诗，将边塞诗翻出了新意，那就是戍卒返乡诗《采薇》。它唱出从军将士的艰辛生活和思归的情怀——"昔我往矣，杨柳依依。今我来思，雨雪霏霏。行道迟迟，载渴载饥。我心伤悲，莫知我哀！"

回想出征时，杨柳依依随风吹；如今回来，大雪纷纷满天飞。时光流逝，道路泥泞难行，军旅生活艰辛无比。满心伤感满腔悲，我哀痛，我的生命在战争中慢慢虚耗；归途中感慨万千，追忆唱叹从前艰难。而时光转变，景物也截然不同，而这首诗也常常被用来描绘情人间的聚散离合。

王维的诗则不同，他赋予诗画一般的线条，直的是烽烟，横的是长河，圆的是无边的落日，仅仅几笔就用最简单的线条勾画出景物的形态。他的诗渲染了丰富的色彩，黄沙漫漫的大漠，黄昏晚景，透红的夕阳洒下的淡黄的余晖，闪着白光的粼粼河水，白色的烽烟直上湛蓝的高空，雄奇的边塞风光尽在眼前。而诗人也在这雄浑的大漠景色中将悲壮的情思升华，胸怀顿时变得豁达开阔起来。

王维的诗写景也是写人生，有秀丽时的清新，有悲伤时的豪壮，也有失意时的禅理，那诗意的人生情景好似被他绘入了时空画卷里。

# 王维 日落江湖白，潮来天地青

送邢桂州

［唐］王维

铙吹喧京口，风波下洞庭。

赭圻将赤岸，击汰复扬舲。

日落江湖白，潮来天地青。

明珠归合浦，应逐使臣星。

唐代宗在《答王缙进王维集表诏》中曾赞誉王维为"天下文宗"，清代诗人施补华评王维诗作时说道："摩诘五言古，雅淡透出清贵；摩诘七古，格整工稳而气敛，极可为后人学步。而摩诘七律，有高华清远独成一体，皆可效法。"

王维的四首《少年行》是他早年诗歌的代表作，充满了强烈的英气少年的风发意气，刚劲雄浑，又极其浪漫。"新丰美酒斗十千，咸阳游侠多少年。相逢意气为君饮，系马高楼垂柳边。""出身仕汉羽林郎，初随骠骑战渔阳。孰知不向边庭苦，纵死犹闻侠骨香。"少年郎视死如归出入沙场，纵然战死也要永留青史。

王维五言律诗清远工丽，风劲雄浑，荣冠盛唐。其中《送邢桂州》风头最劲。

《送邢桂州》是一首送别诗。邢桂州指邢济，王维挚友，桂州为一州名，属岭南道，邢济即将赴任桂州，所以称之为邢桂州，也说明邢济和王维的关系亲密。邢济即将赴任桂州，王维去送别，只见孤帆碧天之景，有感而发，创作了这首诗。

京口岸边，铙歌响起，锣鼓喧天震动京口，送别场面壮观热烈。诗句充斥着昂扬壮志可凌云的气势。听觉和视觉效果并用，只觉大气震撼，邢济经水路过洞庭而下桂州，乘风破浪扬起的巨帆一路浩浩荡荡地向波涛汹涌的洞庭湖驶去。

第四句写诗人目送好友离去，望着江面不舍地眺望远帆，而想象着好友一路前行的昂扬意气。跟以往的执手相看泪眼之离别不同，虽同为不舍，但感情更为含蓄大气。

"赭圻"为地名（今安徽繁昌县西），"赤岸"亦为地名。一路上，桨拍水波，扬起风帆，顺风顺水气势宏伟地由赭圻行至赤岸，动态万千，"击""扬"二字，利落爽脆，动感十足。"击汰"一词取于屈原的名作《楚辞·九章·涉江》："乘舲船余上沅兮，齐吴榜以击汰。"

作者笔锋一转，由船儿行驶场景转到江湖无限风光。日落时分江水微波荡漾，落日淡黄的余晖洒在江面上，折射成一片透着光芒的白色水面，碧波万顷滚滚而来，潮水席卷，天地间瞬间又仿佛都染上了一抹青色。

"白""青"是最简单也是最不浓重的颜色，以清淡之笔绘绚烂之色，诗人轻描淡写之字，却写出了厚重浑吞之感，技艺精湛可谓独树一帜。

"明珠归合浦，应逐使臣星"，用典写今，表达对友人殷切的期盼和美好的祝福之情。"珠归合浦"化用后汉时的清官孟尝的故事。选取这一典故，是期盼友人为官清廉，为民请命。

"使臣星"之典亦出《后汉书》，其意是表明望好友到任桂州后，地方百姓安居乐业，造福一方。一"明"一"星"用字巧妙，说出友人为官为人的闪亮光彩之处，同时将自己的期盼融入，言辞热忱，情真意切。

# 李白　燕山雪花大如席，片片吹落轩辕台

## 北风行

[唐]李白

烛龙栖寒门，光曜犹旦开。

日月照之何不及此？惟有北风号怒天上来。

燕山雪花大如席，片片吹落轩辕台。

幽州思妇十二月，停歌罢笑双蛾摧。

倚门望行人，念君长城苦寒良可哀。

别时提剑救边去，遗此虎文金鞞靫。

中有一双白羽箭，蜘蛛结网生尘埃。

箭空在，人今战死不复回。

不忍见此物，焚之已成灰。

黄河捧土尚可塞，北风雨雪恨难裁。

《全唐诗》序中，谓全书共"得诗四万八千九百余首，凡二千二百余人"。也就是说，在诗文璀璨、风采各异的唐代，仅是有名的且流传下来的诗就近五万首，而仅著名诗人就达到了

两千多人，他们就像满天的星斗一样，照耀在大唐的夜空，创造出中国诗歌的最高峰。

而这其中的佼佼者不过数人，最有名的当属"诗仙"李白和"诗圣"杜甫，两者荣冠诗词半壁江山。而李白飘逸浪漫、才华横溢，他随性挥毫，诗词如梦虚幻多端，如仙人一般缥缈多变，引领读者进入变幻莫测的奇幻境界。

李白的绝句写景诗，明快俊朗，情思万千，每每读之只觉思绪驰骋，情绪如宣泄之野，倾泻于千里之外。仿佛这天上人间唯我独行任遨游。他讴歌祖国壮美山河风光，将奔放浪漫、俊逸清新的诗情浸于山水之中，诉排山倒海之情。瀑布雄美壮丽，而李白内心的气势比瀑布还雄壮，"疑是银河落九天"就是李白赋予庐山瀑布的壮阔雄姿。

正如杜甫对他的赞誉："笔落惊风雨，诗成泣鬼神。"

李白为人豪放潇洒，大气出尘，个性爽朗，意气风发，常仗剑走天涯，看遍天下繁华。他纵酒狂歌，孤独清傲地拒绝一切不公和束缚，不受世事桎梏拘束，情感极其强烈。

他的飘逸风采足以映照千古，他的诗歌雄奇俊邈，贺知章读之被其英伟绝世之姿、瑰丽新奇之彩惊异，不禁感叹道："公非人世之人，可不是太白星精耶？"于是将他称为"谪仙人"。

而《北风行》这首新乐府，是一首乐府"时景曲"调名。将李白不拘一格的创新文学形式和奇思妙想、气势壮阔全部糅合在一起，非常有代表性。李白大刀阔斧，将旧时题材点石成金，熔铸出新的寓意，也融入了李白独特的气概和奇幻的妙想。

"烛龙栖寒门，光耀犹旦开"，照应题目不写寒冷景象，而是新奇地借助于神话传说。传说中的神兽烛龙没有脚，终年栖息在极北的冰寒之地，那里阴寒见不到阳光，它睁眼为昼，闭眼为夜，用以区分日夜。烛龙在如此寒冷之境尚且散发出光亮，虽光亮微弱，但那也是它的奋力坚持。

这里的神话有玄妙色彩，比如李白其他的诗，"海客谈瀛洲，烟涛微茫信难求。越人语天姥，云霓明灭或可睹""青冥浩荡不见底，日月照耀金银台。霓为衣兮风为马，云之君兮纷纷而来下"等，则透出曼妙神奇的色彩，惊心炫目，光耀夺人。

神话虽然不能让人足信，但诗人的想象让人惊叹，也留给读者画面感。作者继续描写北方冬季的阴寒景象，将北风怒号大雪纷飞的寒冷写得极其雄浑，让人心生寒意。烛龙以目光区分日月，这里却是寒到极致，甚至连日月之光都照不到！只有那漫天遍野无处不在的狂风怒号着刺人心骨，让人无处可逃。

燕山的雪花一片片飘落——哪里是轻柔静美的雪花，那分明是偌大的芦席！大片大片的雪花坠落在轩辕台上。诗人用夸张的手法描摹北方大雪纷飞的苦寒景象，充满了李白大气独特的艺术风采。

在这天寒地冻的十二月，幽州思妇早已经索然停止欢歌笑语，双眉忧愁。如此萧瑟苍茫的景象，让人如何不心生忧伤？诗人笔锋落到忧思上，看似突兀，却早有铺垫，人在如此恶劣天气下总是悲伤，更何况心事重重的人呢？无论是大气磅礴的景象，还是愁苦少妇的忧郁，诗人都信手拈来。

少妇日日倚着冰冷的大门，凝望着过往的行人，每天都在期待着她的丈夫归来，可每一次希望总是变成失望。此句颇有"望尽天涯路"的意味。原来，她的夫君被征发去了长城打仗，那里是多么的苦寒，不知丈夫是否能好好保重自己的身体，每每提起便不禁哀叹。离别时，丈夫手提宝剑毅然决然地奔赴边关，只为大义救国，家中只留下一个虎纹金柄的箭袋挂在墙上，妻子睹物思人，不禁黯然神伤。

接着写箭袋里装着一双白色的羽箭，仿佛在诉说当时的豪情，而如今因为长久没有触碰，上面沾满了灰尘，结满了蜘蛛网。也可以看出，李白的大气中也有细腻，思妇终日思念丈夫，却只能看着他留下的物品，然后回忆着过去丈夫的英勇。直到现在，她只以为是丈夫久战不回。

而下一句却让人心碎——原来丈夫早已经战死沙场，只空留旧物和回忆。不忍心再看到丈夫的遗物，每看一遍只觉得心被碾碎了一样，不愿每次都沉沦在悲伤欲绝的情伤里，索性含泪将东西烧成灰烬。

黄河之水虽深，只要坚持天天捧土就可以堵塞它。但是这生离死别的伤恨，却如同这无休无尽的北风雨雪一样铺天盖地，看不到边际。最后两句写出思妇的决绝，将情感爆发式地宣泄出来，如江河奔涌震撼人心。

邢昉《唐风定》中评此诗为："摧肝肺，泣鬼神，却自风流淡宕。"国家动乱，人民苦痛，此恨绵绵，淬人心神，失魂落魄，如席般的雪花簌簌中，只见一个孤寂的背影渐行渐远……

# 李白　明月出天山，苍茫云海间

## 关山月

[唐]李白

明月出天山，苍茫云海间。

长风几万里，吹度玉门关。

汉下白登道，胡窥青海湾。

由来征战地，不见有人还。

戍客望边邑，思归多苦颜。

高楼当此夜，叹息未应闲。

《关山月》借乐府旧题写新五古，《乐府古题要解》的作者注解："'关山月'，伤离别也。"即写别离之情。此诗写戍守兵士远望边城思归家乡，而家乡的妻子独自在高楼哀叹思念将士。

全诗写辽远开阔的边塞风光，一轮明月从绵延千里的祁连山头升起，在茫茫山野上显得更加寂寥。皎洁的月亮升起，只见无边无际的云海萦绕在明月周围，被浓雾笼罩的山峰突然显露出来，层层叠叠、隐隐约约，气势非凡，苍茫奇绝。

长风浩荡飘忽几万里，吹过将士驻守的玉门关。风从万里外吹来，不知带着多少人的故事和思念，一直吹进玉门关。

一片苍茫的景色后，写到玉门关的将士，又写到战争悲惨残酷的景象。忆当年，汉兵直指白登山道——这里运用汉高祖领兵征战匈奴的典故，当初匈奴大军在白登山包围高帝刘邦七天，而今吐蕃觊觎、侵扰青海大片壮美河山。如今大唐虽强盛，但是边境一直受到窥伺，从未肃清过。所以，边境一直重兵把守，这是自古以来历代朝廷的征战之地，将士一批一批被征召而来，但是有来无回，没有见过有兵士生还回家……

出征在外的戍边战士遥望边城而思念家乡，明月照亮着边塞的苍苍茫茫和荒凉，举头望着一轮弯月，让思绪飘进家乡的月夜，不知道独身在家乡的妻子会不会在高楼上眺望着远方，思念戍边的守边人？

高楼，明月，思妇，自古以来都是令人动容的意象——每个普通平常的戍边人，都是思妇家中最深的思念。诗人用"花开两朵，各表一枝"的笔法，将戍边战士的抬头遥望故乡和家中思妇高楼远望的目光对接，一个画面，两种情思，人间最愁是离别，最难的是不知有生之年还能否重聚。

关山明月、万里长风、沙场哀怨、思妇之情，李白将一幅边塞情思画景徐徐展开。他将诗写成故事，在点点离思忧伤中又赋予了豪壮雄浑的气势。

李白就是有这个笔力，也有这份如有神助的天赋，他无依无傍，写旧题，抒新意。无论苍茫和悲思总是像投石入水一样，激荡在人心间，留下永恒的情感涟漪。

# 高适 千里黄云白日曛，北风吹雁雪纷纷

## 别董大

[唐]高适

千里黄云白日曛，北风吹雁雪纷纷。

莫愁前路无知己，天下谁人不识君。

高适，字达夫，唐朝时官至左散骑常侍，封渤海县侯，政治才干极其出色，才气也不遑多让。在文学成就上，他以极具风骨的边塞诗闻名天下。与岑参并称"高岑"，与以往边塞诗的一片凄切不同，其边塞诗苍茫雄壮而不凄凉，荒渺厚重之中又兼具活力，堪称大家。

高适生于武术之乡渤海郡（今河北景县），少时贫穷，生活困苦，成就其侠义正直之性格。他为人不拘小节，开阔豪爽，为官后一心为民。诗作多为边塞诗，多描写战争的激烈、对士卒的同情，赞扬艰苦戍边战士的爱国情感。诗中洋溢着奋发向上、蓬勃豪壮的时代精神。

其代表作《燕歌行》中"战士军前半死生，美人帐下犹歌

舞"之句，描写沙场惨苦，战士阵前拼杀，而大将的营帐内却歌舞升平。借此讽刺主将的骄逸，同情以身殉国的战士。堪称有血有肉，有泪有情。

高适个性率真，直爽，行事写诗也如其人一样，爽朗豪放，干净利落，遒劲有力，直抒胸臆。高适很少写景，只在抒情时夹杂少许景致描写，非常有自己的特点，可说是独成一派。而在其名篇《别董大》中，我们可感受到他的诗风。

《别董大》这首诗开门见山直述人物、地点、事件。诗人与董大久别重逢，短暂相聚后又各奔东西。临行前，高适顿生离别之意，赠诗以抒不舍之情。

董大即董庭兰，唐代著名的音乐家，在其家兄弟中身为老大，诗人称他为"董大"，也说明两人之间的友情之深。

千里黄云席卷天空，暮色降临，荒野苍茫。北地的风冷冽地吹，大雪纷纷，抬首忽望空中，孤单失群的大雁，顶着狂风凄凉地飞着。高适与友人在此情此景下分离，景色的苍茫悲壮，亦如两人现实生活的困境窘状。

前半句用尽力气渲染，后半句却峰回路转："莫愁前路无知己，天下谁人不识君。"诗人和朋友站在行将分离的路口，贴心寄语——"千万不要发愁前方的道路上没有懂你的知己，天下虽大，但是又有谁不知道你呢？君子之交满天下，又何必纠结于离情别绪。"

诗人一扫前半句的悲戚不舍，于言语中激荡着对朋友真心响亮的祝福，充满了力量和情意，鼓励朋友勇往直前地坚定前行。这首诗可见高适豁达的胸襟、气度，堪称真豪杰。

自古离别多伤情。送别的古诗词多为缠绵不舍兼幽怨，在所难免地沾染上悲伤色彩。江淹在《别赋》里就已经点出"黯然销魂者，唯别而已矣"。而高适，离别时骤生豪情，鼓励友人奋发乐观。同样是写离别，唯有王勃"海内存知己，天涯若比邻"的旷达、高远的情怀可与之媲美。

高适的诗词不常写景，一写则惊人，一句莫愁前路，道尽千言万语的叮嘱——愿世上所有别离，都有最美的重逢。

# 岑参 忽如一夜春风来，千树万树梨花开

## 白雪歌送武判官归京

[唐]岑参

北风卷地白草折，胡天八月即飞雪。

忽如一夜春风来，千树万树梨花开。

散入珠帘湿罗幕，狐裘不暖锦衾薄。

将军角弓不得控，都护铁衣冷难着。

瀚海阑干百丈冰，愁云惨淡万里凝。

中军置酒饮归客，胡琴琵琶与羌笛。

纷纷暮雪下辕门，风掣红旗冻不翻。

轮台东门送君去，去时雪满天山路。

山回路转不见君，雪上空留马行处。

岑参，唐太宗时功臣岑文本后人，唐代著名边塞诗人，与好友高适并称为"高岑"，两人都以边塞诗见长。岑参一生坎坷，虽出生官宦大家，但因伯祖父长倩被杀，伯祖父的五个儿子也被赐死，此时家族分崩离析，岑氏亲族被流徙达数十人。

岑参父亲虽然做过刺史，但在岑参很小时就去世了。幼时的岑参家境贫苦，家人终日为生计奔波，甚至温饱都是问题，更不可能有钱供养岑参读书，岑参只能向兄长请教学习读书。

不过，岑参到底出身于书香门第，他遗传了祖辈的天赋，即使家族破落，但文化底蕴还在，岑参五岁开始读书，九岁就能赋诗写文。此后一直努力进取，自小就立下壮志，想要一展宏图。

岑参虽有文才，但是想要走入仕途必要经历科举。于是，岑参胸有成竹地参加了他人生中的第一次科举考试，却落榜而回，失落的他写了四句打油诗自嘲："来亦一布衣，去亦一布衣。羞见关城吏，还从旧路归。"后来，岑参想走献赋的道路以求入仕，但也无果。终于，皇天不负苦心人，岑参在天宝三年登进士第，授右内率府兵曹参军。而后，岑参开始了丰富多彩的戎马生涯。他曾两次出塞，满怀为国报效之志。此后，岑参出任嘉州刺史，因此世人亦称之为"岑嘉州"。

岑参诗作内容丰富，山水诗意境新奇俊逸，感叹身世诗又多悲愤，而最具代表性的要数他的边塞诗。他长居塞外，对边塞风光、军旅生活的描写贴切细致，既有雄奇之壮美，也有萧瑟之凄清。有战士英姿勃发为国浴血奋战的激昂，也有战争残酷和悲惨；有塞外少数民族文化的亲切，也有战士思想之悲情。他将塞外诗的范围不断扩大，作出了具有开创性的文学贡献。

代表作为《白雪歌送武判官归京》。

《白雪歌送武判官归京》一诗描写了塞外飞雪中送别友人的壮丽景色和飘逸思怀。全诗内涵宽阔，气势纵横，奇丽多变，韵律抑扬。景象鲜明雄劲，令人心神凝住，顿生大气磅礴飒爽之风，艺术感染力极其强烈，可称为大唐盛世最燃情、最壮美的边塞诗。其中，"忽如一夜春风来，千树万树梨花开"一句已成为千古流传的名句。

此诗作于岑参二次出塞阶段，此时正处于诗人受赏识的阶段，诗的笔调浪漫奔放。题目点出这是一首送别诗，也写出了离别时的环境，正值隆冬大雪纷飞之际，诗人送武判官归京。

北风呼啸席卷着苍茫的大地，把晒干的牧草都吹断了。随后，这八月的边地突降大雪，世间一片白茫茫。仿佛一夜之间春风吹到这里，犹如千树万树的洁白梨花怒放，将这茫茫塞外染成了一片白，天地之间被银装素裹，只觉得分外妖娆。大雪后枝头上的积雪，在诗人眼中犹如一夜之间盛开的梨花。可见诗人细致的观察力。雪花悠悠飘散进军帐，点点风雪打湿了门帘，雪后的寒冷即使穿上厚厚的狐裘、盖上锦绣的被子也不暖和。

天气寒冷，将军带领士兵们晨练，将军的角弓都冻得发硬拉不开了，都护的铠甲本就寒凉这时就更加冷，冷得难以穿上。但战士们在如此艰难的环境下，用火热的心融化了这厚积的雪。无边无际的沙漠结成了百丈玄冰，愁云惨淡凝结在万里长空。

一个百丈；一个万里，雪后的沙漠景象呼之欲出。

中军酒宴正酣，为回京人送行，琵琶、羌笛、胡琴奏起了别离的歌，黄昏时辕门外又降大雪，军帐中心的红旗已经被冻硬，连寒风也吹不动它。在此情此景下，于轮台东门外送友人回京，离情依依，只见茫茫的白雪已然积满了山路。站在原地看到友人的背影消失在曲折的山路中，雪地里空留马蹄离去的印迹，马蹄向着京城方向踏去，雪花还在簌簌地垂落。

塞外飞雪的壮丽，寒冷的天地，战士的勇猛，友人离别的不舍……诗人将质朴的语言和强健的笔力融于诗中。在飞雪如花中开始，在一片雪白寂寥的脚印里结束，寥廓气势之外又添无限意境。

# 刘长卿　日暮苍山远，天寒白屋贫

### 逢雪宿芙蓉山主人

[唐]刘长卿

日暮苍山远，天寒白屋贫。

柴门闻犬吠，风雪夜归人。

刘长卿，字文房，宣城（今属安徽）人，唐代诗人，大历诗风的代表人物。大历年间（766年—779年，唐代宗李豫年号）是盛唐向中唐诗风转变的过渡期间，大历诗风有别于盛唐李白的非凡气魄和浪漫洒脱，也没有杜甫那种现实主义战斗者的深广情怀。大历时期的这批诗人创造出的作品多为表现内心的孤独寂寞，塑淡远细致的意象，注重宁静淡泊的生活情趣。

刘长卿一生致力于近体，长于五言，自称"五言长城"。其诗内容多描写身世坎坷，命途多舛的感叹，诗风多凄婉，少骨气，也是他的性格所致。他也写民生国计，然而最撩人心弦的当属写景抒情诗。此类诗雅致清俊，看似平淡却有余味，让人缓缓沉浸而回味。五言绝句《逢雪宿芙蓉山主人》为其代表作。

《逢雪宿芙蓉山主人》写于诗人被贬之后，诗人寓悲情苦涩于景中，描绘了一幅情景交融的风雪夜归图。上半首似言自己被害得走投无路，希望获得一席净土，可是，在冷酷的现实之中，哪有自己的立身之所？下半首似言绝望中遇上救星，给自己带来了一点可以喘息的光明，其中也隐含着无限的感激之情。

日暮时分，天色已晚，而寒风正劲。一个人正孤单地顶着冷冽寒风行走，眼看大雪即将来临，潇潇日暮，让人心伤。青山萧瑟，在日暮的点点寒光中更显得迷蒙深远，旅人经过多时的长途跋涉，终于找到了可以歇宿一晚的人家。而日暮远山是在诗人投宿后回望的所见场景，这种时间和视角的调整更让全诗充满新奇色彩。

"天寒白屋贫"点明投宿的地点是一座简陋的茅舍，在如此寒冬中更显得凋零枯寂。"寒""白""贫"三个字令人觉得进了屋舍仍觉寒冷，屋内依然蕴着寒气，屋舍简陋而清冷。虽然已然顺利投宿，内心却依然寒意重重，更显出诗人被贬之后内心的苦涩。

诗人进入被寒风不断侵袭的茅屋，已安顿好准备入睡，忽然耳边传来在夜色中更显得响亮的犬吠声，声音在山中不断回响。一声犬吠更突显大山夜色中的宁静，也为寒夜冷白的景色增添了一丝活力。

"风雪夜归人"，狗叫声引出人来，想必是芙蓉山主人在风雪交加的夜色中披着一身苍茫回家了吧。细细品味，在这样寒冷的夜晚，风雪夜归犬相迎的画面，使人读到了一丝温馨的感觉——家再破旧，风雪中都是一个温馨的港湾。而诗人也一扫悲戚之情，心中点亮了一丝温暖的希望。

这"白、寒、贫"的茅屋，让人不觉想到杜甫的《茅屋为秋风所破歌》"八月秋高风怒号，卷我屋上三重茅"。同样是茅屋，读刘长卿的诗，让人在困顿中重燃希望。

诗人写风雪寒冬之夜投宿人家，情景中尽显悠远韵味，绵长而动人心。也许每个人都有心中的寒冬时期，但是请别忘记，总有一处风景让你心安，总有一个时刻让你感到人情的温暖。

# 戴叔伦　凉月如眉挂柳湾，越中山色镜中看

兰溪棹歌

[唐] 戴叔伦

凉月如眉挂柳湾，越中山色镜中看。

兰溪三日桃花雨，半夜鲤鱼来上滩。

戴叔伦，字幼公，唐代诗人。著有论诗名言，如"蓝田日暖，良玉生烟，可望而不可置于眉睫之前也"。对于作诗，诗人有独特的见解和自己的诗歌观，格外认同神秘的、灵性的美。这对后世的神韵派诗人产生过较大的影响。

戴叔伦其诗体裁形式多样：五言七言，五律七律，古体近体，均有涉及。戴叔伦一生生活多坎坷磨难，他出身隐世家族，少时拜萧颖士为师，聪慧过人，"过目不忘"。青年时期的戴叔伦经历战乱逃难到江西鄱阳，在异地他乡生活窘迫，一生仕途浮沉数十载。而他独特的生活阅历也为他的诗歌创作提供了丰富的养料，其诗词题材广阔，有反映战乱中社会现实的，有揭露丑恶艰险世道的，有同情民生疾苦的，有感叹漂泊在外离愁

的，也有描绘自然田园风光的。

《兰溪棹歌》是一首如民歌一般悠扬、轻快、生动的船歌。全诗笔触优美清新，写出了兰溪的山水之美及水上渔家的欢畅之情。

棹歌，即乐府民歌中的《棹歌行》，意为渔民咏唱的船歌。一弯峨眉凉月随风挂在柳湾上空，月朗星稀，秋色正浓，清爽宜人，越中山色倒映在水平如镜的溪面上，不禁让人想起"湖光秋色两相和，潭面无风镜未磨"的景象。月色照着溪面，溪面倒映着月色，交织相汇，清新雅致。夜间行舟时于水中一边观赏景色，一边歌唱。

歌唱风光的民歌，多在白天取景因在白日艳阳高照下，景物显得蓬勃明媚，生机盎然。所以诗人却独出心裁，在月色下歌咏江南山水，更显出兰溪夜晚的淡雅秀媚。

"兰溪三日桃花雨，半夜鲤鱼来上滩。"潇潇春雨，伴着凉凉夭夭桃花飘零，脑海中不禁浮现"雨洗杏花红欲尽"的诗句。杏花在雨水的洗礼下，芳华更盛。只不过，诗中所写的是三月初三桃花雨，不知是雨让桃花更娇艳，还是桃花为雨添颜色？

其中"三日"为三月初三上巳日，一弯新月正好紧扣"凉月如眉"。雨中小船继续前行，蘸湿的桃花飘洒，夜色细雨中一叶扁舟，构图优美动人。

沉醉在美景中，踏着夜半歌声，不知不觉间，小船已从平缓的水面行驶到滩头。侧耳听到水声哗哗急促地响，诗人才联想到连日春雨，兰溪水涨，水声听起来也变得更加急骤了。在安静的月色中，似乎时不时能听到鱼儿逆水而行，上滩发出的窸窣声，那是鱼儿摇鳍摆尾地拍水游上溪滩。此处以动衬静，为宁静的夜增添无限生命的活力。

这首《船歌》虽写兰溪之夜，但它并非笔墨重彩写常人想象的夜的静谧、月的朦胧清辉，而是写兰溪夜景的清新灵妙，澄澈秀丽。欢快的歌声中，渔家的欢畅之情反衬出兰溪的清秀隽美。俯仰间，月色桃花雨，鲤鱼涌上岸，形成一幅绝美画卷，跃然心间。游人乘着渔舟在夜色中畅游兰溪，风情和月色正浓。

# 韦应物　春潮带雨晚来急，野渡无人舟自横

## 滁州西涧

[唐] 韦应物

独怜幽草涧边生，上有黄鹂深树鸣。

春潮带雨晚来急，野渡无人舟自横。

韦应物，中国唐代诗人，长安(今陕西西安)人。他出身名门，年少时就是玄宗近侍，时常出入宫闱，爱和贵族子弟四处横行，是个典型的纨绔子弟。乡里的父老百姓一听到他的名字就心生厌恶。安史之乱发生后，玄宗慌忙率领百官宗室奔蜀，韦应物深感世事无常，从此下定决心发奋读书。常"焚香扫地而坐"，变得寡言少语，仿佛年少时的鲜衣怒马、风流不羁都随风而去，恍如大梦一场。

功夫不负有心人，韦应物终学有所成，心思也成熟了很多。他一生中大部分时间都在地方任职。为官期间，韦应物勤于政务，仁爱忧民，更时时自我反省。他忧时爱民的仁心也反映在他的诗中。

韦应物是山水田园诗派诗人，其山水诗景致优美有生气，又兼备雄豪的一面。其田园诗多为政治理想服务，多写民间疾苦。另一方面，韦应物诗中的人情景也经常透出清新恬淡之意，这首《滁州西涧》即为其中翘楚。

此诗是山水风景名篇，写于韦应物滁州刺史任上。西涧在滁州城西郊外，这首诗描写了山涧水边的清幽景象和诗人春游所见，读之有淡淡的忧伤萦绕心头。

诗人闲来于西涧游览，一片萋萋芳草幽然生在涧边。此时，群芳争奇斗艳的花期已过，而这片芳草如遗世独立的佳人幽冷而寂寥，却又风姿绰约，别有一番风情，颇得诗人钟情——我唯独喜爱这涧边幽草，上有黄莺在树荫深处婉转啼鸣。

深树一词写出了树荫的茂密幽深，一个"上"字，顿时将读者由岸边指向树上，利落干脆显得格外醒目独特，彰显诗人豁达明朗的心胸。这清新的深涧幽草搭配黄莺动听的歌声，加上幽深静谧的树荫，山中缓缓的溪流，动静相融地描绘出一幅幽深静谧的景致。

山涧傍晚时分，春雨忽致，淅淅沥沥地下着。水流进西涧，春潮上涨水势湍急起来，春潮携春雨而来，一个"带"字，仿佛将春潮涌动赋予人的形象。夜晚，春潮上涨，细雨汇成急流，看似与上文的幽草黄鹂无关，而这番匆促场面让原本就人迹罕至的郊野渡口更显得凄冷荒凉。荒芜的野外渡口没有人来这里，只有空空的小舟随波纵横,自在漂浮。

结尾这两句飞动中显宁静,对比中升华意境,将自己的忧伤、喜好、向往和自在写在景中,赋于情中。由此诗可看出古人写景写情写事都具有丰富的层次感和空间感,不仅有散文的美感意境,也有记叙文的逻辑发展性。一首小诗也许是随情而发,但是包含的韵味和文学性却是集大成的,尤其考验诗人的功底。

韦应物这一生,半生逍遥,半生悲苦;半生自在,半生无奈;半生飞动,半生静逸。一首《滁州西涧》自冷处着眼,却自得野趣。

# 王建　中庭地白树栖鸦，冷露无声湿桂花

### 十五夜望月寄杜郎中

#### ［唐］王建

中庭地白树栖鸦，冷露无声湿桂花。

今夜月明人尽望，不知秋思落谁家？

王建，字仲初，颍川人，唐朝诗人，世人称"王司马"。王建出身贫寒，一生潦倒，46岁以白发之龄初入仕途。在长安时，他与张籍、韩愈、白居易、刘禹锡、杨巨源等均有往来，一起谈论诗书，议时政。可想而知，这些文豪在一起，一定会碰撞出耀眼的灵感火花。

王建因前半生贫困，从小就接触社会现实，十分了解底层人民的疾苦，而他一生所著中成就最高、最为优秀的，是新乐府诗。他的乐府诗和张籍齐名，世称"张王乐府"。

王建的新乐府诗最擅长白描，同时运用比兴、对比、映衬等手法塑造人物形象及心理活动。他用诗揭露黑暗社会现实，同情底层生活贫苦被强权压迫的劳动人民，抒发对当权者的不

满、悲愤之情。其用笔简洁精炼，语气含蓄，语言通俗，富有民歌谣谚的文学特征，具有独特的艺术魅力。

他还有详写宫廷生活的《宫词》百余首，可作为后世研究唐朝宫廷历史的重要史料。他的绝句作品更是清新自然，自成一格。

此诗由题可知作于中秋之夜（在原诗题下有注解："时会琴客"）。中秋佳节，朋友相聚于院落中庭，共同赏月写诗寄情。明月当空，众人或饮酒，或吟诗，月亮总是给人以奇妙的灵感——这一点无论古今。诗人先写景后怀情，将中秋之夜的寂寥和宁静冷凄如画卷般呈现出来。

院落中庭在冰凉的月光下一片银白，树影斑驳，树上栖息着乌鸦。诗人抬头仰望夜空的圆月，直视园中的树、树上的乌鸦，最后低头看见庭院地上如霜雪般冷白婆娑的树影。由远及近，由高到低，有层次感，将月夜的孤独感表现得淋漓尽致。

乌鸦沙哑地叫着，以声衬静，更显清冷。秋露悄悄地将院落中的桂花打湿，桂花香气弥漫，沁人心脾。中秋月与桂花不禁让人想起古代神话中月亮之上的广寒宫，月桂神树，嫦娥蹁跹，意境优美，让人神思飘飞。

在这中秋之夜，天涯共此时，天下的人都在望月。由赏月升华到秋思，场景转化自然顺畅，含蓄而不动声色。

圆月照耀着大地，此时此刻，又有多少人在望月思亲——

在家乡的人思念远在他乡的亲人，离乡之人在远方思念家乡的亲人。前两句写景，选眼前景象，有声有色有香味，有植物有动物有月亮，有露珠，有听觉，有视觉，有嗅觉。虽不着一个"月"字，但尽显秋思。

结尾抒情，诗人以几人的赏月，联想到天下人共赏月，以己怀思写众人之思。不知那带着淡淡幽香的清冷月光今夜落入谁的家，落入谁的心间？

# 白居易  一道残阳铺水中，半江瑟瑟半江红

## 暮江吟

[唐]白居易

一道残阳铺水中，半江瑟瑟半江红。

可怜九月初三夜，露似真珠月似弓。

白居易，字乐天，号香山居士，又号醉吟先生，是唐代伟大的现实主义诗人。白居易与元稹曾共同倡导新乐府运动，世称"元白"。

"时难年荒世业空，弟兄羁旅各西东。田园寥落干戈后，骨肉流离道路中。"从白居易所作诗篇中可得知，他年少时因世事离乱过着颠沛流离的动荡生活。然而，见证了战争的残酷，饱经战火的摧残，他心中的志向更为坚定——做一个伟大的诗人，写社会现实，为民众传达心声。让天子和上位者听到民间疾苦，以救民于水火之中。

他作诗时追求的是一种"老妪能解"的境界。诗篇措辞通俗易懂，平易流畅，又兼具意境，当时流传极广。他的诗歌读

者上到达官贵人，下到市井小民，妇孺儿童。真正称得上雅俗共赏，可谓得天下之大才。甚至，其名声远扬到海外，在日本也广为流传（白居易的诗歌中透出的闲适伤感极为契合日本"物哀"的审美意象。在平安朝时期，上至天皇下至女官都是白居易的忠实崇拜者）。

白居易曾在自叙中说："夫美刺者，谓之讽喻；咏性情者，谓之闲适；触事而发，谓之感伤；其他为杂律。"因此，白居易把自己的诗词题材分为讽喻、闲适、感伤、杂律四大类。《暮江吟》就是一首抒写闲情逸趣的佳作。

全诗摄取了两幅景象进行描写：西沉的残阳红艳铺水，新月初升如弯弓的宁静幽美。

金光闪闪的夕阳西下于江水尽头处，一点一点即将消逝在地平线。夕阳的余光慢慢散开，只剩下几道透着昏红的光柔和地铺在江上，给人亲切、闲适的感觉。江面的风轻缓地吹着，江水静静地流动，有细微的清波漾开，在夕阳的余晖映照下，波光粼粼闪着一片轻柔的红光，好似披上一层薄薄的红纱，水的柔情尽显无遗。而江水的另一边被夕阳扫过，只剩下一片深如玉石般的碧波，凄清冷淡。冷暖色调对比，光线色彩搭配，将自然的瞬息变化和自己的喜悦闲情呈现于落日余晖照耀着的碧水中。

晚景已然落幕，新月初生，诗人望着远处的残阳，近处的江水，流连忘返，不知不觉天色已晚。正值九月初三，露气渐重，在月色下透着晶莹的光如珍珠润滑莹亮。上弦月弯弯如弓。九月初三夜晚如此可爱，缘于诗人的愉悦心情。

杜牧在《沈下贤》中云："一夕小敷山下路，水如环佩月如襟。"写江水淙淙素月澄明，与本诗景物选取虽相近，但是观察着眼处不同，一写残阳铺江月如弓，一写水光流动月光银白之景，相同之处都是借景抒情怀感思。

白居易自己所作的《忆江南》中，"日出江花红胜火，春来江水绿如蓝"，也是活用色彩对比，抓住景物特点写春日骄阳之绚丽。

一首《暮江吟》，两组风景，多种柔情，诗的和谐宁静之美和诗人内心的平静合二为一，表达对自然情景的喜爱和内心的愉悦。天上的月亮，身下的露水，清新的自然，宁静祥和的月色，不由得让人沉醉。闭上眼睛再读诗篇，带着轻松、闲适的心情，让我们一起于江边漫步，梦回大唐。

# 元稹　千峰笋石千株玉，万树松萝万朵云

## 使东川·南秦雪

[唐]元稹

帝城寒尽临寒食，骆谷春深未有春。

才见岭头云似盖，已惊岩下雪如尘。

千峰笋石千株玉，万树松萝万朵银。

飞鸟不飞猿不动，青骢御史上南秦。

元稹，字微之，别字威明，河南洛阳人，唐代著名诗人。元稹以试策及第为状元，在科举考试前，元稹和好友白居易呕心沥血地写了七十五篇《策林》。两人就时事为论，对当时社会的黑暗不公进行了严厉的批判。两人的作品非常对主考官胃口，主考官非常欣赏两人这份敢于直面的勇气。于是，元稹和白居易双双进士及第，元稹更是高中状元。

随后，元稹被授予左拾遗，主管监察皇帝官员政策决策失误，隶属谏诤机构。但元稹性格耿直，说话不够委婉，常常得罪人，只做了几个月的左拾遗就被贬出京城。后来，几经波折，

元稹被任命为监察御史，奉命去四川办案。由于他手段强势，雷厉风行，且铁面无私，弄得当地官员惶惶不安。而当地百姓则奔走相告，盛赞元稹为民着想、为民请命，以至于元稹的名声震动三川。

不到一年，元稹又被调到洛阳任监察御史，他在文中自述："吾自为御史以来，效职无避祸之心，常誓效死君前扬名后代。"然而，他虽满怀为国为民之心，骄奢淫逸的贵族豪门却树大根深，元稹想大刀阔斧地将保守势力连根拔起，还没开始动作就因触犯权贵动了众怒，最后竟被贬职。

面对如此委屈，元稹却依然豪情满怀："修身不言命，谋道不择时。达则济亿兆，穷亦济毫厘。"元稹一生一直处在被贬、被调遣、升职又贬谪的循环中。刘禹锡评价元稹——犹如翠竹般怀端直性，刚正不阿。

元稹诗作有揭示现实的诗，有抒发自己情怀政治抱负的诗，有新乐府诗，也有深情不已让人读后不觉心酸的悼念亡妻的诗。《离思》中一句"曾经沧海难为水，除却巫山不是云"道尽了多少思念，至今让人读之伤怀。

而元稹的写景诗也独树一帜。《使东川·南秦雪》是一首七言律诗，律诗讲究严谨的对仗、押韵。此诗写元稹被贬到四川通州，经过骆口驿站路口时的所见所感。

京城的寒意散尽后就到了清明时节，而驿谷到了深春时节还没有春天的气息。人都说南方的春天来得早，而驿谷这里到了暮春时节了，还没有看到一丝春意。首句就将两地做对比，寒对春，也说明诗人内心的凄冷之情。

才看到山岭上飘过厚厚如盖的云彩，就发现深色的岩石下如微尘般的白雪。雪后千万座山峰一片晶莹，像透着光的玉笋。万株松萝被冰雪撒上了万朵银白色的花。雪景美妙绝伦，千峰万树一片白光。这里"千"和"万"都出现了两次，有韵律美感，更显雪中亮闪的山峰玉树。景致虽阔野，但更显寂寥，也寓示接下来的路途会有很多困难。

结尾转折，用活泼的鸟儿和叫声凄惨的猿猴两个意象与诗人自己做对比——在这个寒冷到猿猴不鸣、鸟儿懒飞的日子里，只有那白雪覆盖的小路上，一个骑着青骢马的孤独背影在寒冷的天气里继续前行，那就是要出使南秦的孤寂的诗人。长路漫漫，冰雪未消，不知前路如何，诗人内心深处有些忐忑。

元稹的挚友白居易也写了《南秦雪》与他唱和："往岁曾为西邑吏，惯从骆口到南秦。三时云冷多飞雪，二月山寒少有春。我思旧事犹惆怅，君作初行定苦辛。任赖愁猿寒不叫，若闻猿叫更愁人。"诗中对元稹千叮万嘱，真心劝慰。两诗遥遥相对，一个说骆口春意晚，一个说那个地方气候冷多下雪；一个说猿猴都不叫了我却在独行，一个安慰如果听到猿声叫，会更让人忧愁。白居易又以过来人的口吻担心元稹的头一次远行，可见两人友谊之深切。

　　人生多歧路，风景再美，一个人看时尽是孤单，有人分享，才叫圆满。

# 李贺　黑云压城城欲摧，甲光向日金鳞开

### 雁门太守行

[唐]李贺

黑云压城城欲摧，甲光向日金鳞开。

角声满天秋色里，塞上燕脂凝夜紫。

半卷红旗临易水，霜重鼓寒声不起。

报君黄金台上意，提携玉龙为君死。

李贺，字长吉，唐代河南福昌（今河南洛阳宜阳县）人，出身宗室贵族之家，是继屈原、李白之后，中国文学史上又一位卓越的浪漫主义诗人。

李贺出生时，诗仙、诗圣、诗佛、诗狂等都已名满天下。要想成为著名诗人，在诗坛有所建树，自当别树一帜。李贺傲人的天赋，使他写的诗充满离奇浪漫，有别于李白的追仙慕道。李贺常在诗中用神话传说寓意古今，想象力极其丰富。又因他一生苦吟，诗作多苦闷抑郁，世人将他尊为"诗鬼"，后世有"太白仙才，长吉鬼才"之说。

李贺是中唐到晚唐诗风转变期的一个代表者。他所写的诗大多慨叹生不逢时和内心苦闷，抒发对理想、抱负的追求；对当时藩镇割据、宦官专权和人民所受的残酷剥削都有所反映。留下了"雄鸡一声天下白""天若有情天亦老"等千古佳句。

李贺出生于一个破落贵族之家，属唐宗室远支。但这个贵胄子弟却过得分外孤苦，居漏雨小舍，日常温饱都成问题。可是就在这样一个破落的家庭，却出了一个天才。李贺自幼才思聪颖，七岁疾书写《高轩过》一诗，韩愈亲眼所见李贺才华，异常震惊。除了天赋异禀，李贺作诗也十分刻苦，他白日骑着毛驴找灵感觅佳句，晚上则是整理白日见闻，继而创作。如此痴迷和勤奋，令年仅十五岁的李贺名满京华。

凭着李贺的出众才情，他本可早登科第，但他未成年时丧父，必须守丧三年。所以，二十一岁时他才参加河南府试，一应而过。但他的文才名声太显，遭人妒忌，流言传说李贺父名"晋肃"，因为"晋"与"进"同音，犯了"嫌名"。无奈之下，李贺愤而离场，未参加进士科考试。这次不幸的遭遇对李贺打击很重，他为了抒发悲愤写了不少诗作。后经考核，李贺终于入仕，任从九品的奉礼郎。

三年的为官生涯让李贺看尽官场的黑暗，深深地体会到了社会现状，进而迸发出强烈的情感，创作了一系列反映现实、鞭挞黑暗的诗篇。这一时期，李贺的创作进入了成熟期，以

《雁门太守行》为代表的诸多佳作，奠定了他在中唐诗坛不可动摇的地位。

《雁门太守行》是古乐府曲调名，李贺用它为名写成了一首描写边塞战场惨烈壮阔的诗歌。此诗延续了李贺以往诗作的浓艳和绮丽，将战场风谲云诡的场景、战士们的悲壮气氛渲染得异常震撼。

敌军来势汹汹，硝烟弥漫着整个城池，气氛异常紧张，如黑云盖天般要把整座城池摧毁。就在这危急时刻，我方英姿勃发的战士们身着光亮的铠甲，他们誓要把来犯之敌驱逐干净。黑云、金甲颜色如此浓烈，显得一方诡异气势汹，一方昂扬散光芒。两者形成强烈对比，诗人借日光显示守军威武雄壮。

秋夜里，响亮的军号吹起，刹那间响声惊天动地，战士们奋勇抗敌，鲜血喷洒在这塞外天地，热血转眼凝成暗紫色，渲染了战场的悲壮气氛和战斗的残酷。

部队夜袭，战士们浴血奋战。半卷的红旗、隆隆的战鼓声体现了战况的激烈。红旗染上鲜血落在泥土里，战场上打斗激烈又充满死亡的冷寂。终于，援军到了易水，战士们不禁发出"风萧萧兮易水寒，壮士一去兮不复还"的悲壮之语。是啊，自古征战又有几人回，胜利是用鲜血堆积而成的。战士们心潮澎湃，为国杀敌奋战到底。寒夜霜降，冷风刺骨，鼓声渐渐低沉，仿佛也在诉说战场惊魂之夜的凄冷。

　　尾联引用典故写出将士誓死报效国家的决心。战士们为报君恩万死不辞，手携宝剑，身披铠甲，视死如归。全诗意境苍凉，格调悲壮，具有强烈的震撼力和艺术感染力。

# 杜牧　暮霭生深树，斜阳下小楼

题扬州禅智寺

［唐］杜牧

雨过一蝉噪，飘萧松桂秋。

青苔满阶砌，白鸟故迟留。

暮霭生深树，斜阳下小楼。

谁知竹西路，歌吹是扬州。

杜牧，字牧之，号樊川居士，京兆万年（今陕西西安）人。杜牧是唐代杰出的诗人，开创了晚唐诗歌的高峰，与李商隐并称"小李杜"，以之区分盛唐时期名声显赫的伟大诗人李白和杜甫。

杜牧不光诗歌有成，而且善作散文，通读经史。他生于官宦世家，祖父杜佑官至宰相，他从小耳濡目染，这为他形成独到的政治见解做了良好的铺垫。杜牧十几岁时正逢皇帝讨伐藩镇，振兴国事，极具政治敏感度的他在读书之余开始研究军事，通读《孙子兵法》，而且擅写策论。此时，他的政治才华初露锋芒。

杜牧二十岁时，专注于治乱与军事。于二十三岁作《阿房宫赋》，借秦朝统治者骄奢亡国的历史教训向唐朝统治者发出警示，表现出他忧国忧民的情怀。二十五岁时，杜牧作《感怀诗》，用安史之乱以后藩镇割据、皇权旁落、朝廷一片疮痍的历史，鞭挞藩镇将领的跋扈，也用以激励国家自救自强。用历史抒怀，读来使人震撼。

杜牧还以七言绝句著称诗坛。"清明时节雨纷纷，路上行人欲断魂"，将清明时分的画面写得极其自如，余韵无限；"停车坐爱枫林晚，霜叶红于二月花"，将自然美与情感交织，写绚丽秋色更胜春景一筹，表露内心情感；"南朝四百八十寺，多少楼台烟雨中"，写江南楼台烟雨蒙蒙，又写出时光交错的感觉，深邃空灵。

杜牧的七绝内容多为咏史抒怀，无论是语言上的质朴，还是气韵上的高古，写景上的精妙，抒情上的深刻，都包容在诗中。而同样是绝句，杜牧的写景抒情小诗，风格则多清丽典雅。

《题扬州禅智寺》是杜牧创作的一首五言律诗。写这首诗时，杜牧在洛阳任监察御史，洛阳官场错综复杂，杜牧备受挫折。正逢弟弟患眼疾在扬州的禅智寺休养，杜牧前去探望时作了此诗。此诗描写了寺庙环境清幽，后笔锋一转，写扬州的繁华场景，以动衬静，用热闹衬宁静，也反映了诗人的落寞。

夏末初秋，一场秋雨过后一只蝉在树上鸣叫着，好似把绿叶都催黄了。古人常用蝉鸣的意象述说愁意，或表达高远。如杨万里在《听蝉》一诗里写"蝉声无一添烦恼，自是愁人在天涯"；孟浩然写"日夕凉风至，闻蝉但益悲"；元稹云"红树蝉声满夕阳，白头相送倍相伤"；而王国维已经将这种莫名的悲愁看透——蝉本无知，诗人闻蝉凄切，只因为心中有愁。看来，杜牧心中也萦绕着忧思。

松枝、桂树纤细的枝条飘飘摇摇，也露出了秋的萧瑟。青色的苔藓长满了台阶，因为人烟稀少，寺庙更加寂静，白鸟在寺庙上空盘旋，这景象更让人感到凄凉。

黄昏时的云雾慢慢下沉，将本就浓密的树木染上一层暗淡，忽然洒下的一抹斜阳给这幽深的树丛带来了一点余光，但是很快就随着西落的太阳慢慢消失了。暗中忽然见光明，只是这光算不得亮，且很快就消失了。作者写景色变化也写心情变化，人随景色瞬息变化而心情波动。

诗人看到日暮雾霭，不禁生出寂寥苍凉感，看着被竹影铺满的小路，一眼望去，思绪漂浮，谁知道如此安静的小路，通向的竟是那歌舞升平、繁华璀璨的扬州城呢？全诗意象蕴含幽深冷清之意，即使有美好也很快消逝，最后一句更用热闹的扬州街景反衬出诗人的寂寥之情。

热闹是别人的，孤单是自己的。即使身处繁华的闹市中，有时更令人体味到心底的孤寂。

# 李商隐　红楼隔雨相望冷，珠箔飘灯独自归

## 春　雨

[唐]李商隐

怅卧新春白袷衣，白门寥落意多违。

红楼隔雨相望冷，珠箔飘灯独自归。

远路应悲春晼晚，残宵犹得梦依稀。

玉珰缄札何由达，万里云罗一雁飞。

李商隐，字义山，号玉溪生，又号樊南生，晚唐著名诗人，和杜牧并称"小李杜"，与温庭筠并称"温李"。

李商隐早期在诗歌创作上以李贺奇峭的风格为方向，也善于仿照南朝流丽的诗体，写下了许多歌唱爱情的诗篇，形成了自己独特的风格。

他的《无题》诗极具独创性，构思新奇，情深意切，有血有泪，令人感动不已。他的每一首情诗，都是一段凄美动人的故事，如千古名句"此情可待成追忆，只是当时已惘然"，旧情可追忆，只是一切恍如隔世，已注定错过；"一寸相思一寸

灰"，相思要么痛彻心扉，要么像细水长流般缓缓疼痛，直至心死成灰方才放下。

李商隐的政治咏史诗有很高的成就。他并不是无病呻吟，也不是"为赋新诗强说愁"，亦不同于杜牧诗作的大开大阖。他总是含蓄深沉地借历史经验以对应时事，并加以补充发挥，使咏史诗纳入政治诗的特殊形式里。李商隐一生郁郁不得志，仕途坎坷又逢时事动荡，他写的《有感二首》即借旧事反映时局动乱，其中蕴含着李商隐的政治态度。

他连用数个典故，隐晦又激烈地抨击了专权把持朝政的宦官——"古有清君侧，今非乏老成。素心虽未易，此举太无名。谁瞑衔冤目，宁吞欲绝声。近闻开寿宴，不废用咸英。"李商隐愤慨地直接指责宰相李训，为无辜死亡的人喊冤抱不平。而最为激烈却看似平淡的最后一句，写出了他的恨：恨君主的无能，痛恨弄权的宦官搅乱朝政。全诗用意严谨精致，立论真挚婉凄，有史料价值，有艺术性，亦发扬了杜甫用诗歌为民众发声的传统。

而《春雨》一诗是李商隐的"李氏情伤"的又一名作。全诗借春雨怀人，绵绵不觉的细雨正如诗人内心凄婉的相思，一字一泪。

正逢新春乍暖还寒，人人都因万物复苏而欢喜，诗人却披着衣服独自一人卧在床榻之上，伤感之情顿时跃出诗卷。诗人睹物思人，心神恍惚难受，看任何景致也提不起精神，反而带着凄苦——红楼依稀还有你的身影，春雨飘飞，更显凄冷。这让诗人更加沉默，只剩下珠帘在雨中拂动。

路途遥远，本就奔波劳累不堪，一路上都是暮春景象，没有欣欣然的活力，虽茂盛但让人神伤。也只有在残破的梦中依稀有你的影子。诗人白日恍惚，夜晚也在梦中黯然神伤，这情伤日夜消磨着诗人。

如此浓厚的思念却无法倾诉，无法传递，只有将这深情寄在万里云层里，祈求大雁带着这思念传给你。将这含蓄婉转的思念真情，传递到万里之外。梦境、细雨、珠帘、红楼，虚虚实实，朦朦胧胧，将"情"这一字在景色的烘托里写得如此凄婉，可见诗人艺术手法的绝妙。

"锦瑟无端五十弦，一弦一柱思华年。庄生晓梦迷蝴蝶，望帝春心托杜鹃。"李商隐正如那庄周梦蝶，也如那蝴蝶梦里的庄周，总觉得那人生如梦，往事如烟。而他的忧伤到底是真实的还是为诗营造的，他是否能将诗里的忧伤和人生的悲伤区分开呢？

也许，一切本就是模模糊糊，不知道真真假假，又何必揪着那伤不放？又或许，在他的眼里，每一滴孤寂的春雨都是一颗伤心人的眼泪……

# 赵嘏 独上江楼思渺然，月光如水水如天

## 江楼感旧

[唐]赵嘏

独上江楼思渺然，月光如水水如天。

同来望月人何处？风景依稀似去年。

赵嘏，字承祐，楚州山阳（在今江苏淮安）人，存诗二百多首，擅长七律、七绝，曾任渭南尉，所以世称"赵渭南"。

赵嘏曾在深秋拂晓时凭栏怀思，赋诗喟叹曰："残星数点雁横塞，长笛一声人倚楼。"得杜牧赞叹，亲切称他为"赵倚楼"。从这首诗可见其诗作风格。他的作品选景典型，层次分明，且富于变化，尤其擅长气氛的渲染烘托，情味悠长而凄清。

而《江楼感旧》一诗，是他独特诗作风格的代表作之一，此诗清新隽永，淡雅幽致。虽诗句措辞简单，然读之让人沉思，有清迥出尘之感。

《江楼感旧》又称《江楼旧感》，诗题一目了然，写诗人夜游江楼望景而生感慨，怀念过往曾把臂同游的老友。

诗人独自一人登上位于江边的高楼，也许是孤寂一人无所依，也许是景色太美，只觉得思绪一片渺茫，不知飘向何方。诗人先说自己的感受再写景，为何会有这样的感受呢，后面给出了答案，抬头望明月，明月皎皎遥挂夜空，洒下明明如水般的月光，月光映照江上，水面微波荡起一层一层的涟漪，撒上一层朦胧的光华。

恍惚中，幽深的思绪浮涌，水天一色连成一片，夜色空阔宁静而壮美。而如水的月光，如天的水，两个水字叠放更具音韵铿锵之美。没有浓墨重彩，只两个比喻却将景物的美和特点尽情渲染出来，简单又浑然无迹。

明朗的月光倾泻在波光荡漾的江面，江楼夜景如此美妙，由景生情，不禁感慨叹息。如今景物依旧如去年般美丽，而景物虽美，身边的人已散，心境早已不同，那时一起看月光的人又在哪里呢？物是人非，只有美景依旧，只有月光千百载从未改变。

最后一句将感叹化为平静，将感情放在心间。旧人旧事总是有着万般的回忆，遇到一起看的景象，从前的场景如山风呼啸眼前，江河依旧，月影悠悠，而世事变幻，物是人非，只余下无穷的思绪缥缥缈缈回荡在天地之间。

古诗词中有感于时过境迁的佳作不少。比如，宋代词人晏殊的"人面不知何处，绿波依旧东流"，那悠悠东去的绿水依旧在眼前，而人却已不知在何处，将惆怅带进诗中，这离愁别恨如同眼前东流之水悠悠然不知怎样排解。"已见松柏摧为薪，更闻桑田变成海"，刘希夷在《代悲白头翁》一诗中更着眼于时光的转变，桑田、沧海并无生命，不受时光的制约，却依然在自然界的发展中变迁，又何况人呢？

而在《江楼感旧》中，诗人旧地重游，想起去年此时与友人结伴而行，当时欢笑与共，赏月赋诗望江兴叹，好不惬意。时光变幻，如今，只剩一人一月一江。"思渺然"三个字贯穿全篇。时光有时很残酷，最亲的朋友已然天涯相隔，最好的时光也已离去，徒留美景依旧，这一切让人多么无奈……

# 许浑 溪云初起日沉阁，山雨欲来风满楼

## 咸阳城东楼

[唐]许浑

一上高城万里愁，蒹葭杨柳似汀洲。

溪云初起日沉阁，山雨欲来风满楼。

鸟下绿芜秦苑夕，蝉鸣黄叶汉宫秋。

行人莫问当年事，故国东来渭水流。

许浑，唐代诗人，润州丹阳（今江苏丹阳）人，晚年自编诗集《丁卯集》。唐代诗人以诗闻名遐迩者各有不同，且各具特色。许浑一生写诗达千首，因其喜好用水、雨之类的景象营造意境，风格独树一帜。而他的另一个特色是从不作古诗，其诗都为近体诗，并专攻五言和七言律师。他别具一格的诗作特点也成就了他在晚唐诗坛的崇高地位，是以世人评其为"许浑千首诗，杜甫一生愁"——可谓极高的赞誉。

许浑作诗注重凝练，虽有巧心为之的感觉，且在晚唐颓势的大环境下，风骨稍有欠缺。但其诗作技巧娴熟，对偶格律圆

润善发新意，有闲适之美，有感怀之情，字字清丽，句句精奇，不失为唯美之作。许浑诗内容多为咏史怀古或表现闲适田园，风格绮丽又不失律诗的严谨。

许浑最有名的一首诗是《谢亭送别》："劳歌一曲解行舟，红叶青山水急流。日暮酒醒人已远，满天风雨下西楼。"《咸阳城东楼》也是许浑诗作里的佳篇。这是一首登高怀古的七律诗。适逢大唐盛世已然颓废，诗人登上咸阳古城楼观赏风景，忧愁之情油然而生。

此处的高楼，是指秦汉时的旧都咸阳城西楼，隔渭水与隋唐时的都城长安相望。诗人独自一人登咸阳城楼，登高向南望去，远处蒹葭苍苍，杨柳丝絮飘扬，这朦胧的感觉很像长江中的小城，也即诗人的家乡。于是，一缕惆怅的思乡之情骤然而生。

诗人在此处做了注释："溪为磻溪，阁为慈福寺阁。"暮色降临，只见磻溪笼罩在夕阳下，向晚的余晖照耀着寺庙。可美景未收，凉风蓦起，大雨将至。自然景象瞬间变幻，山雨欲来，吹彻城楼，这其中暗含对晚唐没落颓废之势的无奈和隐忧。山雨欲来风满楼，这一句后世常用来比喻局势将有重大变化，现多用来比喻冲突或战争爆发之前的紧张气氛。

回望秦汉旧都景象，古老的都城曾经多么繁荣昌盛，而如今杂草丛生，黄叶疯长，已成荒野，只有蝉声依然鸣叫着，秦朝汉宫早已于苍茫间黯然落下帷幕。朝代交替，多少风流人物、名臣志士湮灭在岁月的长河里。唯有日月星辰万古长存。

诗人不由得生出怀古伤今之愁：过往如云烟，繁华落尽是平淡。经过这里的人不要问秦汉时的百年往事了，我这次来故国咸阳，早就不知道当时的辉煌了，只有那渭水依旧向东长流。

# 苏轼　黑云翻墨未遮山，白雨跳珠乱入船

六月二十七日望湖楼醉书·其一

[宋]苏轼

黑云翻墨未遮山，白雨跳珠乱入船。

卷地风来忽吹散，望湖楼下水如天。

苏轼，字子瞻，又字和仲，号东坡，又号铁冠道人、海上道人。北宋著名文学家。苏轼出身名门，其父苏洵年二十七才开始发愤读书，但一鸣惊人，以笔锋雄劲的散文著称。后苏洵亲自教导苏轼和苏轼的弟弟苏洵，父子三人皆有所成，并称"三苏"，名列"唐宋八大家"之位。

苏洵的文章字字珠玑，古朴凝练又豪放锋利，对于苏轼文风有较大的影响。苏轼的青年时期可谓春风得意，科考时一举成名，带着一身荣耀顺利进入官场，且颇受著名政治家、文学家欧阳修的赏识。

后来，王安石推行新政变法轰动一时。苏轼由于与新任宰相王安石政见不合被贬出京城。苏轼在地方为官时政绩斐然，

颇受爱戴。可好景不长，"乌台诗案"差点让苏轼遭遇杀身之祸——这是他人生的巨大打击。经此一事，苏轼心情低落，异常消沉。

后来，新皇帝继位后废除新政，苏轼应召回京，又是几经辉煌和挫折。伴随着官场上数度浮沉，他在各个贬谪之地也留下了珍贵的印迹。在杭州，他带领人们筑成一条纵贯西湖的长堤，后人为纪念苏轼，名曰"苏堤"。

他流落儋州（今海南岛）时，大力兴办学堂，千里之外的文人学者追到此地只为听苏轼讲学。神州大地至今有东坡村、东坡井、东坡田、东坡路、东坡桥等存世，民众对苏轼的崇敬和缅怀之情可见一斑。

苏轼为人正直、豪爽、真诚，好游历山川，结交朋友。另一方面，他也喜好雅致之风。其诗文也恰如其人，自带风骨，文章恣意无拘，如风行水上。他的诗豪情万丈，仿若与天地相融；他的词豪放自如，意趣超越万里。

可以说，苏轼将词带入了新的境界。其一，是将原先只是音乐附属品的词独立出来，而且奠定了词的文学地位；其二，他把所想、所感、所悟都写进词里，将原先写闺怨闲情的婉约幽怨之词，开创为写壮丽山河的豪迈奔放之词。在词的内容上有了革新性的突破发展；其三，苏轼运用题序和典故，丰富和发展了词的表现手法，词的艺术性和内涵由此得到了极大提升。

　　而把词当诗写的苏轼，诗的成就也非常卓越。他的诗充满了理性的光辉，不再是浅层次的吟唱个人情怀，而是有着对于人生的深刻感悟，又充满旷达高远的哲理。他将山河纳入心间，将人生沉注笔端，将气魄归于自然，意境超然，笔力惊人。

　　《六月二十七日望湖楼醉书》是一组诗，其一是写西湖夏日雨景，题目点出日期，诗人醉后于望湖楼上奋笔疾书。

　　诗人微醉在西湖，夏日黑云突起，犹如墨汁在天上翻卷，黑沉沉的天就像要崩塌下来。可墨云还没遮盖住青山，茫茫然的雨珠连成串，像白而透明的珍珠一样，击打在地上，急促地落下，激起水花。西湖山水在大雨中蒙上白丝似的雾，宛如披上了一层缥缈的白纱。雨珠乱落在湖上，打起水花，落在小舟上，一片生机。一个"乱"字，写出雨势的细密纷乱。

　　这时的雨大如瓢泼，又密如瀑布，雨在湖面上如烟、如雾、如尘。忽而水帘被风吹开，撩起了西湖的袅袅面纱，只见望湖楼下的水，因暴雨升高，也因天空与大雨融为一色，水天相接，连成一片，一望无际。

　　夏日的雨，不同于秋雨的萧瑟，也不同于春日细雨的温润如玉，而是如苏轼笔下这般潇洒随意，急促迅猛。虽然知道夏雨终是短暂，但它的凉意清爽、自由自在最是逍遥。苏轼将夏雨的磅礴气势写得更加完美，雨将西湖和天色相连，美景无限。

　　辛弃疾在《西江月·夜行黄沙道中》也写了夏天的雨："明

月别枝惊鹊，清风半夜鸣蝉。稻花香里说丰年，听取蛙声一片。七八个星天外，两三点雨山前。旧时茅店社林边，路转溪桥忽见。"写夏日轻微的细雨淅淅沥沥，月色正好，丰年里一片美好和谐。

赵师秀《约客》里写道："黄梅时节家家雨，青草池塘处处蛙。有约不来过夜半，闲敲棋子落灯花。"写出了绵绵细雨，淡淡愁绪。

黑云青山白雨，用颜色勾勒出雨蒙蒙，"遮""跳""风吹"，以动写雨急促。苏轼笔力苍劲，将西湖的魅力、夏雨的空濛、雨中的景色写得明媚动人。

# 贺铸 暮雨不来春不去，花满地，月朦胧

## 江城子

[宋] 贺铸

麝熏微度绣芙蓉。翠衾重。画堂空。前夜偷期，相见却匆匆。心事两知何处问，依约是，梦中逢。

坐疑行听竹窗风。出帘栊。杳无踪。已过黄昏，才动寺楼钟。暮雨不来春又去，花满地，月朦胧。

贺铸，字方回，又名贺三愁，北宋词人。因眉目耸立，面色黑青，身高挺拔，人称"贺鬼头"。可见他与世人印象中风流倜傥、玉树临风的才子形象还是有区别的。然而就是这个面貌并不端正，甚至有些丑陋的人，他的才情却让人赞颂。他词文诗才兼具，而他的词如其性格，磊落光明，慷慨大气。

这和他的出身以及志向有极大的关系，贺铸出身钟鸣鼎食之家，是宋太祖贺皇后族孙，为皇室外戚贵族。他一直梦想仗剑天涯，驰骋疆场，戎马一生，但后来家道中落。他虽为武官，但官职不高，又因不喜攀附权贵，甚而有些狂傲，所以仕途并

不顺利。但他虽有侠客之豪气，却也读书万卷，博闻强识，可谓"腹有诗书气自华。"

他的《将进酒·城下路》："开函关，掩函关，千古如何不见一人闲？生忘形，死忘名。谁论二豪初不数刘伶？"以愤慨、嘲弄的口吻来描写历史上那些追求权势、蝇营狗苟、贪得无厌之徒，同时也讽刺了当时统治阶级为了实现自己的野心和贪欲，竟不惜让人民遭殃，表达了诗人的愤愤不平和淡泊名利的情怀。

但硬汉贺铸也有柔情似水的一面，他的词除雄奇浩然之外，也有妙丽婉约之意蕴。在他狂放不羁的外貌下，有一颗柔软多情细腻的心。他和妻子举案齐眉，相濡以沫，共经磨难，然而情深不寿，妻子的早逝，在贺铸心中撒下了一把盐。

悲痛之下，他写下了凄婉感人、温情缱绻的悼亡诗《鹧鸪天》："重过阊门万事非，同来何事不同归。梧桐半死清霜后，头白鸳鸯失伴飞。原上草，露初晞，旧栖新垅两依依。空床卧听南窗雨，谁复挑灯夜补衣。"昔日鸳鸯双飞，如今只剩我一个在人世徘徊，读来只觉心碎，让人感慨万千。豪情在外而柔情在内，贺铸将词的豪放和婉约，溢于笔端，融于词间，化于心中。

而为贺铸赢取"贺梅子"美称的柔情佳作《青玉案》，更是引来世人效仿。"一川烟草，满城风絮，梅子黄时雨"，将愁思比作那一川烟雨蒙蒙笼罩的青草，满城飞絮如同梅子黄时的雨。立意新奇，一经出世，便引得人人传诵。

　　《江城子》这首词上阕写室内的麝香气味盈盈满屋，慢慢上渗，透过了绣着清丽芙蓉的纱帐，好一个柔情缱绻的淡香闺房。翠绿的被子越发沉重，画堂已经空无一人，只有清风飘荡。两人分离后，女子触景生情，流露出相思之苦。前夜好不容易得到空闲相见，而时光匆匆忙忙，不给人留空隙。我们各在两地，心事又有谁知，有谁问呢？只能相约在梦中重逢，互诉衷情。只恨时光太匆匆，只让有情人梦中相见。

　　下阕写暮春景象流露伤春之感，坐在窗户下翘首以盼，望眼欲穿。忽然听到竹林里有窸窸窣窣的声音传进窗户，满心欢喜地挑开珠帘，一眼望去不见任何踪影，又失落而归。

　　就这样，从清晨一直到日暮，苦苦坐着，痴痴等着，直到晚风中响起寺庙的钟声。傍晚的和风细雨没有来，晚春又一次告别离去，不言不语，无声无息，就像那来去匆匆的情人。看着那遍地残败的花瓣，在朦胧的月色之下笼上了一层薄薄的纱，春花残，月色浓，满地伤，都是情。这真是"伤春悲月人离愁，铁汉也有水柔情"。

# 王安石　春风又绿江南岸，明月何时照我还

### 泊船瓜洲

[宋]王安石

京口瓜洲一水间，钟山只隔数重山。

春风又绿江南岸，明月何时照我还。

王安石，号半山，谥文，封荆国公。世人又称"王荆公"。北宋著名政治家、思想家、文学家、改革家，"唐宋八大家"之一。除政治上的杰出贡献外，王安石在文学上也颇有建树。其散文行文严谨，用词简洁精炼，立论高深，论点鲜明，逻辑严密，分析深刻且有很强的说理性，将古文的实用性运用自如。

王安石的诗擅长于说理与修辞，自成一派。以其第二次罢相为界，诗作在内容风格上有明显变化。前期在朝为官，创作主要是为国为民，有现实性、政治性，强调"实用"，注重反映当时社会下层人民的艰难苦痛，倾向性一目了然，风格犀利强硬，尽管在艺术性上有些许不足，但也不失大家风范。

退出政坛后，他历尽沧桑，心境愈发平和。这一时期他创

作了大量的写景诗、咏物诗。内心的沉淀，自身的经历，对诗歌艺术的追求，形成了诗人后期诗风含蓄深沉、神韵丰远的风格。在北宋诗坛自成一家，世称"王荆公体"。

他的《桂枝香·金陵怀古》一词，意境广阔，情致苍茫豪纵，同范仲淹的《渔家傲·塞下秋来风景异》一词，共开豪放词之先声，给词坛倾注一股高远豪壮的新风气。

而"王荆公"最得世人众口相传的诗篇，莫过于《泊船瓜洲》，其中"春风又绿江南岸，明月何时照我还"一句中的"绿"字极为传神，将无形的春风化为生动鲜明的形象，足见诗人遣词功力非凡。

一日诗人乘舟出行，停泊在瓜州小憩，在渡口极目远眺，看到"京口"与"瓜洲"原是这么近，中间只隔着一条江水。这一水间的距离让诗人陷入了深深的联想，自己依恋的家园钟山也只不过与这里隔了几座大山。京口瓜州距离不远，是诗人亲眼所见，而几座大山之外的钟山，是诗人跨越空间的联想，这一联想让空间更为宽广。字里行间也流露了诗人思念家乡的浓浓情怀。

"只隔"两字反映了离家在外的诗人归心似箭。把"万重山"间隔说得如此稀疏平常，仿佛转眼就到，更是反映了诗人对于钟山的眷恋之情；而事实上，钟山却被"万重山"遮挡住了，诗人无法遥望家乡，将视线又转向了江岸。读到此句，那些漂泊在外的游子，也会感同身受，即使远在天涯，也会觉得家就在不远的地方，总是抑制不住那份回家的期盼和涌动的思乡之情。

春风又一次吹到了江南，吹绿了田野，大地一片春光盎然。年复一年，千山万水又一次在春天苏醒，一个"又"字，蕴含了诗人心中的期盼。如今春风依旧，可是诗人自己身在异乡，不知何时才能回到家乡。句中的"绿"字，原本是一个形容词，可在诗中却是用作动词"吹绿"的意思，使动用法更为诗句平添一股灵动色彩之美。皎洁的明月啊，你看尽思乡之人，千古不变，什么时候才能照耀着我回归故里呢？对家乡的情思达到极致。

关于"绿"字的由来，据洪迈《容斋续笔》卷八记载：吴中士人藏有这首诗的原稿，王安石初写时是"又到江南岸"，然后深思后圈去"到"字，并注曰"不好"，改为"过"，审之又圈去；后一次一次炼字再改为"入""满"……这样一共改了十几个字，最后才敲定为"绿"字。

可以想象：夜深人静之时，王安石还未歇息，而是静静地在书房里对着诗作沉思。只见他时而皱眉，时而踱步沉思，时而欣喜写字，反复锤炼，一脸认真的样子。

也有人说，诗人整整想了一夜，却没有结果。第二天一早，他又来到岸边，忽然看到江岸一片葱绿盎然，于是心中一亮，随即取"绿"字入诗,"春风又绿江南岸"因此成了千古名句,流传后世。

而诗人对"春风又绿江南岸"这一句的钟爱和锤炼,也和他的政治生涯有关,他希望他推行的变法运动像春风一样无人可挡,吹进家家户户,顺利实行。

在朦胧的月色中,对钟山的思恋越发浓厚,一个"还"字,点出终有一日,诗人会回归最初的地方,在家乡颐养天年。这一次不为国为民,只为自己的眷恋心安。

# 徐俯　春雨断桥人不渡，小船撑出绿荫来

春游湖

[宋]徐俯

双飞燕子几时回？夹岸桃花蘸水开。

春水断桥人不渡，小舟撑出柳荫来。

徐俯，字师川，宋朝时期官员，自号"东湖居士"。他出身诗香世家，其父徐禧，博览周游，学识超卓；其舅父黄庭坚为盛极一时的江西诗派开山之祖，生前与苏轼齐名，世称"苏黄"。黄庭坚其诗，瑰伟绝妙，雄强逸荡，不负盛名。徐俯年少时博闻强识，七岁便能作诗，从小就颇受其舅黄庭坚的器重。徐俯早期诗风受黄庭坚影响，崇尚疲硬，讲究字的锤炼，提倡"夺胎换骨，点铁成金"，是黄山诗派代表诗人之一。

人都说诗如其人，宋史文载记录了这么一件事："张邦昌僭位，俯遂致仕。时工部侍郎何昌言与其弟昌辰避邦昌，皆改名。俯买婢名昌奴，遇客至，即呼前驱使之。"

当人人畏惧惹祸上身时，他用自己的方式郑重地反抗着、

宣泄着自己的不满，他耿直、正义的人品值得人敬畏。他前期的诗多是写实，严谨细腻，风骨遒健。

致仕后，徐俯回归田园乡野，终老德兴。身份的转变让徐俯在诗歌风格上发生了转变。后期诗篇的创作中他不断创新，诗风上力求清新淡雅，追求诗篇完美，读来别具一番风味。

歌咏德兴故园的《春游湖》是徐俯晚期诗歌写景抒情的代表作之一。这首七言绝句以明朗轻快的风格、韵律动感的语言，呈现出一幅雨后山乡春景的画卷。

成双成对的燕子，轻快地掠过天空。诗人偶然间看到燕子飞过，顿时觉得惊喜，内心不禁发出这一问："双飞的小燕子啊，你们是何时回来的？你们回来我怎么不知道？"画面浮出，语调中愉悦之情扑面而来。看见春的使者，感叹春天要来，转而去找寻春天到来的迹象。放开眼界一看，嚯，春天果然在不知不觉中来到了人间！春风拂面，湖中碧波荡漾，柳丝摇动。湖中水快要满溢出来，岸边盛开的朵朵桃花，灼灼芳华，娇艳欲滴，仿佛蘸水而开，更显得鲜红如锦。

桃花不同于柳树弯垂，桃花倒映在波光潋滟的水中，岸上水中的花枝映成一片。远远望去，恣意烂漫的桃花，恍如蘸水而开，更添一份娇艳、水嫩。徐俯将光、感、色彩、灵动写入诗句，映水桃花别样红。

白居易在《大林寺桃花》中写道："人间四月芳菲尽，山寺桃花始盛开。"将桃花归到人间四月的芳菲绚烂的春景里，呈现一派别样风光。

诗人将视线由岸边转向远处，在湖堤上闲步游春，各色春景迎面而来。春雨后湖水上涨，把想过桥游湖赏春的诗人困在一处，"春雨断桥人不渡"，一个"断"字，把春雨拟人化，生动而形象。对游兴大发而不过瘾的诗人来说，眼前的断桥，是一个措手不及的难处。忽然间，柳荫深处，一只小船悠悠撑来，因桥断无法前行的问题迎刃而解，租船摆渡，更为春游添染上了一份新奇情趣。

全诗景物意象虽平常但充满了新意，不流于俗，视角独特，动态和静态兼备。后两句写景同时叙事，起伏转折更添乐趣。跟随着诗篇，与春天定下约定，寻春，踏春，游春，等待着期盼着，和春一起度过意趣盎然的人生。

# 释志南　沾衣欲湿杏花雨，吹面不寒杨柳风

## 绝　句

[宋]释志南

古木阴中系短篷，杖藜扶我过桥东。

沾衣欲湿杏花雨，吹面不寒杨柳风。

释志南是南宋诗人，代表作品《绝句》，朱熹曾为其诗卷作跋。详见魏庆之的《诗人玉屑》。有关释志南的所存史料极少，只知他为诗僧，志南是他的法号，他在当时的文坛上并不出彩，不过一首《绝句》让他名载宋朝诗坛，流传诗史，为后人所知。

这首小诗，写诗人在和风细雨中拄杖游春的乐趣。诗人在参天古木浓厚的树阴下，拴好带篷的小船。也许是游湖中忽然看到岸边景致，春水千里，游兴大发，干脆拿起拐杖上岸欣赏这大美春景。"杖藜扶我过桥东"，将帮助诗人走路的藜杖赋予了人的特性，它从不炫耀自己的行为，总是默默地、体贴地陪伴在诗人身边。

有杖藜的相扶相依，诗人感觉异常安心、温暖。游兴正浓，

诗人轻松愉悦地通过小桥，一路向东。桥东意味着桥那边的风景，因为未知，所以引人想去一探究竟。

紧接着，后两句诗描写了桥东的风景：初春细雨缠缠绵绵，杏花微雨沾衣却不令人发愁，衣服并没有一下子全湿透，只觉清爽并不黏稠。摇曳着细枝嫩柳的柔和春风，也若有似无地通过枝条的摇动而感觉到，与沾衣欲湿不湿的杏花雨有异曲同工之妙。和风细雨，却让人心欢喜，因为这风不带一丝寒意，反而有早春的温暖惬意。试想诗人扶杖一路东行，沐着得意的春风，抬头间，只见红杏灼灼夺人眼，绿柳柔柔舞翩翩，细雨蒙蒙轻沾衣，这是多么恣意的春光，多么惬意的一次春日远足啊！

陆游在《春晚》一诗中，也运用了杏花春雨和翠绿杨柳的意象："雨洗杏花红欲尽，日烘杨柳绿初深。"但意味不同的是这句诗写晚春时节，被雨洗过的杏花红艳在枝头，在阳光下杨柳青绿渐浓。一写早春之和煦，一写晚春之繁茂，各有不同，却都把春写得绚丽多彩尽芳菲。

试想，一个拄拐赏春的老人尚有如此通透明亮的心境，而我们每日被生活所困，重复着枯燥无味的生活，又有多少心思去欣赏周边的美景，让心放空，平静下来呢？

其实不是生活困住了你，是你的心被自己所困，是时候去看看外面的春色，去听听自然欢歌了。

# 陆游　小楼一夜听春雨，深巷明朝卖杏花

临安春雨初霁

[宋]陆游

世味年来薄似纱，谁令骑马客京华？

小楼一夜听春雨，深巷明朝卖杏花。

矮纸斜行闲作草，晴窗细乳戏分茶。

素衣莫起风尘叹，犹及清明可到家。

夜色阑珊，枯黄灯下，光影斑斑驳驳。消瘦的老人，微微颤抖着干枯的手，已然到了油尽灯枯的时候，儿孙们或泪流满面或神情悲痛立于面前，而他心中所念的却只有一个，那就是祖国的安定。

"死去元知万事空，但悲不见九州同。"诗人虽将离去，可这满腔的悲慨，抗金大业没有完成的遗恨，在心中无法平息。"王师北定中原日，家祭无忘告乃翁。"他此生的愿望只有一个，就是为了国家的安定统一。如果终有一日国家山河统一，他希望后人们在祭奠时一定要告诉他。诗人在临终前依旧心系祖国，

正因为这样，他才写出了千古绝笔的爱国诗篇，他就是宋代著名诗人陆游。

除了拳拳爱国之情，陆游的诗篇亦有独特之处。他的诗作语言豪放不拘，顺畅自如而又不失严谨，将李白的雄奇和杜甫的沉郁融入于诗篇，进而又融合了自己对国家时事的热切关心，别具风格。

陆游诗篇存世九千多首，诗作内容涵盖极广。多为慷慨激昂、雄放悲怆之作，也有描写乡村闲情逸致的田园诗作，他的爱情诗也伤人心肠。陆游六十七岁重游沈园，望着四十年前题有《钗头凤》一词的半面残墙，不禁潸然泪下，写诗悼念前妻唐婉："泉路凭谁说断肠？断云幽梦事茫茫。"

人总是像陆游这样，失去之后才懂得珍惜，只是人、事不会一直在原地等你，情之惋惜，不可说破，也勘不透。

《临安春雨初霁》一诗有着看遍浮华的淡然，看破人生世相的闲适，又透出诗人这百无聊赖下的自我解嘲和悲愤。是啊，那个曾经"铁马冰河入梦来"的陆游已然老去，年少时的意气风发，仗剑驰骋沙场的雄心壮志早已被岁月蹉跎。这位六十二岁的老人在得知被重新启用后，便在赴任前于小楼沉思一夜，写下此诗。

这些年人世沧桑，世态人情越发淡薄，诗人兴致欠缺，感到疲惫。谁又让他骑马回到那繁荣的京城在那里客居呢？京城虽盛，但终不是归宿。繁华不是谁都喜欢，也不是谁都能沾染，更不是可以轻易贪恋的。可这份悲叹从一心报国、从不放弃的陆游嘴里说出，却让人觉得更加悲伤。

他独自在小楼听了一夜淅淅沥沥的春雨，为国事辗转反侧。被雨淋湿后的长巷里，石板铺就的小路带着潮意，清早推开窗，幽深的巷弄间传来一声声叫卖杏花的绵长吆喝，显得那么清脆，充满了活力。

春色深，杏花被雨浇过，更显得娇美。诗人没有写春景，却将这坦荡荡的春光，借卖杏花人之口喊出，可谓传神之句。春雨使人产生淡淡的忧愁，而杏花微雨让人开阔，雨过天晴，闲适惬意。

在天晴后，铺上几张纸，闲时随心写写几笔草书，让内心平静。悠闲地看着茶水升起的细小的水泡，和晕着热气，分茶静静品味。这看似轻松的情调中，却传达出了心情的百无聊赖。

最后一句诗人化用陆机的"京洛多风尘，素衣化为缁"，写诗人身着白衣，不愿为京城的尘土沾染，更不愿被京中的浑浊之气同化。诗人不悲、不叹、不喜、不愤、不怒也不泪，只有被伤过的郁闷和轻叹，清明时节诗人想尽早回到自己的故乡，不愿在尘世异乡漂泊。

自古悲情分几种：有的见物感伤，又能自我排解；有的见景生情，又能在山水中治愈；有的愤懑不堪，又留恋朝政。陆游的这首诗缱绻淡淡，却最是伤情。

# 朱熹 等闲识得东风面，万紫千红总是春

## 春日

[宋]朱熹

胜日寻芳泗水滨，无边光景一时新。

等闲识得东风面，万紫千红总是春。

他对读书有深深的见解，他说："读书有三到，谓心到，眼到，口到。"他也有读书的方法授予世人，"读书之法，在循序而渐进，熟读而精。"而他对于学习兴趣的激发，更有自己的理论："读书之乐乐何如，绿满窗前常不除；读书之乐乐无穷，拨琴一奏来熏风；读书之乐乐陶陶，起寻明月霜天高；读书之乐何处寻，数点梅花天地心。"

他就是儒学思想集大成者，世人尊称为"朱子"的朱熹。

朱熹，字元晦，又字仲晦，号晦庵，晚称晦翁，谥文，世称朱文公，宋朝著名的理学家、思想家、哲学家、教育家和诗人。朱熹的理学思想对后世影响很大，他注重礼义节气，将心和理区分开来。他于民间传播自己的思想，为民做实事；他修

建白鹿洞书院，发扬教育，培养人才。他认为"理"是事物的规律，形成了理学思想的完整系统，更是影响到元、明、清三代，成为三朝的官方哲学。

朱熹的教育理论、学习方法，到现在依然适用于莘莘学子。他不仅是影响力仅次于孔子的教育学家，他还善于作词写诗，工于书法，对于哲学，美学，天文、地理、律历甚至农时，也有广泛的研究和深刻的见解。他的诗总是充满理性的光辉。

在中国，人人都知道四书五经，四书是《大学》《中庸》《论语》《孟子》的合称。朱熹首次将它们编在一起，并分别做了注释。朱熹的思想影响到明、清两朝，他编定注释的《四书》更成为学校官定教科书和科举考试必读书，对中国古代教育产生了极大的影响。

朱熹不但擅长思想理论、教育学研究，而且在文学上有着厚实的基础和独特的理性思想，一首《春日》可见朱熹文采斐然。

诗题"春日"，引人入胜，是要去寻找那春日里的景物？或是春日里发生了什么事儿？这都需要继续往下读。阳光灿烂，在这美好的日子里，于泗水滨旁踏春，寻找芬芳馥郁的花草。第一句充满喜悦，让人轻松。人们在这绚烂多彩的春光里认识了春；在这万物生辉的季节里赏到了春；在春日的光影里感受到了春。春天总是那么生机勃勃，总是那么灿烂斑斓，春日的时光总是那么美好。

美好的日子，风和日丽的日子，给了诗人愉悦的心情。然后水到渠成地点出人物——诗人，时间——胜日，地点——泗水之滨，那么事件呢，当然，在这春光里寻芳踏青最为美好。

春光无限好，无边无际的原野渐渐苏醒，充满了春的朝气，挥别了冬天的沉重，一片欣欣向荣，让人欣喜，也令人心境开阔。无限的春光啊，尽情地洒落人间，这真是上天的厚赠。不写具体意象，而从全景入手，可见诗人视野之开阔，心怀之宽广。

诗人认识到了春天的面貌，领略到了曼妙的春光。将春天拟人化处理，使得动态尽显，而且具有探知的主动性。

春天有万紫千红的花儿，春风点染出盎然娇美的春色。诗人不着一物将春描摹，可谓技艺高超。

这是一首典型的咏物诗，歌咏春天的美好和诗人对大自然的热爱，但是深究起来会发现，泗水滨早在宋南时就被金人占领，诗人是不可能去那里游春的。其实，诗中的"泗水"暗指孔门，而所谓"寻芳"是指寻找孔子在泗水边讲学的圣人之道。

无边光景，万紫千红，则喻孔子的思想璀璨，照耀万物，使颓败的万物经过洗礼而焕然新生，也指作者伟大的志向：愿效仿孔子之道，以仁为本，拯救世人于水深火热，使人人获得新生。这是一首看似简单，但又充满哲思的哲理诗。

也许是朱熹有完整的思想理论，他写的诗总是表面上看似浅显，实则富含深刻的道理，引人深思、体悟。如："半亩方塘一鉴开，天光云影共徘徊。问渠那得清如许？为有源头活水来。"从小小的池塘就得出读书的真谛，小小的池塘为何一直这样清澈呢？是因为有永不枯竭的源头源源不断地为它输送活水。不光是读书人要不断积累、更新知识，人生也是这样，只有不断地学习、运用和探索，才能使自己永远充满活力，与社会共同进步，就像活水源头一样。

　　诗人透过物能得到道理，体会到人生的真谛，我们看物，收获心理上的体验，至于更高层次的理解，还是交给那些思想家去发现、去探索吧。当然。你也可以成为生活中的哲学家。只是可能与朱熹不同，他是学术上、政治上的大家，而我们参详的是世上最简单也是最重要的生活。

# 李清照　淡荡春光寒食天，玉炉沉水袅残烟

## 浣溪沙·淡荡春光寒食天

### [宋]李清照

淡荡春光寒食天，玉炉沉水袅残烟。梦回山枕隐花钿。

海燕未来人斗草，江梅已过柳生绵。黄昏疏雨湿秋千。

世上女子千千万，有沉鱼落雁的绝色美女，有谋略无双的智者，有文笔千古的史学家，亦有巾帼不让须眉的英雄。这些才华横溢的女子，或明媚或文雅，或冷静或英勇，而当得"千古第一才女"唯一人矣，那就是宋代词人李清照。

现代著名作家臧克家曾因欣赏李清照文才而写下了一副对联："大河百代众浪齐奔淘尽万古英雄汉，词苑千载群芳竞秀盛开一枝女儿花。"

李清照出生在书香世家，家中藏书颇丰。父亲李格非进士出身，是大文豪苏轼的门生，亦善词文。而母亲是状元王拱宸的孙女，文化底蕴深厚。在这样环境下长成的李清照，打下了坚实的文学基础。

　　李清照年少时便饱读诗书，工于词文。一年春天，李清照的姨母给她量身定做了一套华美的新裙衫。但还是小姑娘的李清照对于打扮梳妆却不是很感兴趣，而是痴迷于读书。一日她像往常一样来到书市寻书，悠然地在书市里游走，喧哗声渐渐远离，来到了一个偏僻的角落里，她的目光被书摊里的一本书吸引住了，只见古书上写着《古金石考》。这是她梦寐以求、苦苦寻找的古书，她小心翼翼地捧起书籍，痴迷地读了起来。

　　卖书的老者因时运不济，才想将这本家中祖传的古书卖给有心人。老人要价三十两，可李清照身上只有十两银子。情急之下李清照脱下华美的外衣，把衣服当了二十两，终于将书买下。李清照虽身着单薄的外衣，但是内心却异常满足。而这份对书的喜爱和痴迷，也预示了李清照日后的成就。

　　李清照人生前期生活优渥闲适，婚后生活虽清苦但非常和谐美好，所以多写悠闲生活之词，如："见有人来，袜铲金钗溜，和羞走。倚门回首，却把青梅嗅。"有少女的娇羞、顽皮；"兴尽晚回舟，误入藕花深处。争渡，争渡，惊起一滩鸥鹭。"有青年人的喜悦、游兴。

　　北宋经"靖康之变"后国家支离破碎，与她琴瑟和鸣的丈夫赵明诚也病重离世，她这后半生受尽了颠沛流离、孤独无依的苦楚，所以多写悲叹苦难之词。"风住尘香花已尽，日晚倦梳头。物是人非事事休，欲语泪先流。"这愁苦情绪无计可消除，才下眉头，却上心头。

但是经历了那么多苦难的李清照并没有意志消沉，而是把精力从"小我"转到国家的层面。李清照将慷慨激情投入诗词中，"欲将血泪寄山河，去洒东山一抔土"，强烈深刻地表达了诗人收复失地的爱国思想。

李清照的诗作也有大成，善感时咏史，与词风迥然不同。"生当作人杰，死亦为鬼雄。至今思项羽，不肯过江东。"一首《夏日绝句》尽显铮铮风骨，表现了这位表弱骨刚的女子强烈的愤慨，是对这乱世里只一味求安、积弱不堪的朝廷的不满和呼喊。

《浣溪沙》这首词是李清照早期的作品，少女时期的李清照结识了同龄的张耒、晁补等好友。他们时常聚在一起游玩、谈天，正是娇羞、烂漫不知愁的年岁。寒食节为清明节前一二日，逢此节需要禁火寒食。《荆楚岁时记》中记载："去冬节一百五日，即有疾风甚雨，谓之寒食，禁火三日。"后来陆续发展，添加了祭扫、踏青、秋千、蹴鞠、牵勾、斗鸡等风俗，寒食节前后绵延两千余年，曾被称为中国民间第一大祭日。在这春寒乍暖的日子里，一群女孩子相约从闺阁走向大自然，到春天里搜集奇花异草。她们充满了喜悦，表达爱春惜春的心情。

上片写春光淡荡，闺中情景。寒食清明时节，春光舒缓荡漾，万物都在这明媚的春光里苏醒了。沉静中孕育了无限希望。女儿家的香闺里，正在玉炉中焚起淡淡的柔香，这轻烟袅袅，已然慢慢下沉，将要燃尽。残烟里飘出宜人的清香。春来人乏，困意来袭，一场酣睡醒来，迷迷糊糊，头上戴的花钿不知道什么时候掉在枕边床上，就枕着这花钿梦了一场。将春天来临的闺中情景，生活作息描写得异常柔美，淡淡间又有画面。

"春眠不觉晓"，在春光里大睡一场，也是另外一种风情。纳兰性德也写"被酒莫惊春睡重，赌书消得泼茶香"，酒后小睡一场，醒来春日好景正长。李清照在《如梦令》中写道："昨夜雨疏风骤，浓睡不消残酒。"风吹不停，一场酒后睡意浓，酣睡一夜，醒来酒意却未消尽。

下片写春景，写寒食节习俗景象。冬天到南方过冬的越燕还没回来筑巢，而邻家的儿女们兴高采烈地抢先玩起采百草游戏，江水边的梅子已然落下，而新起的绵绵的柳絮儿已经开始随风飘扬。写出了新旧交替、春天来临后的欣欣向荣景象。

一点一滴的零星雨儿将院子里的秋千打湿，如果没有这忽然而至的雨点，想必秋千必定荡得高高的，有人在嬉戏玩耍。而现在秋千上空无一人，潮湿的空气更添加了黄昏的清凉。

相传秋千是春秋时期齐桓公由北方山戎引入中原，最后传播开来的。而荡秋千，技高胆大者可腾空而起向天空飞去。又有说秋千起源于汉武帝时期，武帝愿千秋万寿，宫中因作千秋之戏，后倒读为秋千。词中写秋千也可看出词人的玩心和被这春雨带来的浅浅忧愁。

李清照对春天的爱不像常人表达得那么明显，她的喜爱是少女的娇羞朦胧的淡淡浅浅的欣喜。

晏殊《破阵子》中云："疑怪昨宵春梦好，原是今朝斗草赢，笑从双脸生。"也写百草斗戏，只不过并未写斗百草的过程，而是从脸上的笑容里写出了斗百草的喜悦。

而同样的乍暖还寒时候，在李清照的另一首词中，却充满了愁。"三杯两盏淡酒，怎敌他、晚来风急？雁过也，正伤心，却是旧时相识。满地黄花堆积。憔悴损，如今有谁堪摘？守着窗儿，独自怎生得黑？梧桐更兼细雨，到黄昏、点点滴滴。这次第，怎一个愁字了得！"这一个愁字也解不了这一连串的天涯沦落的悲苦，全词一气贯注，如泣如诉，感人至深。

女子的爱恨情愁，用诗词散发，用景色描摹，总是蒙了一层细细的纱，看不透，摸不着，就像心思难测，总以为剖析得够清楚了，谁知道，却朦胧如那淡荡的春光，如那玉炉残烟，如那湿了的秋千。那么少女眼里的春天景象自然也就不同。

# 袁枚　明月有情还约我，夜来相见杏花梢

### 春日杂诗

[清]袁枚

清明连日雨潇潇，

看送春痕上鹊巢。

明月有情还约我，

夜来相见杏花梢。

袁枚字子才，号简斋，晚年自号仓山居士、随园主人、随园老人。清朝乾嘉时期代表诗人、散文家。他的文章论述犀利，论点充分，多深刻警醒之句，后人将他列为"清代骈文八大家"之一。他年少即有诗才，文笔自然卓越，与大学士直隶纪昀齐名，时称"南袁北纪"。袁枚于乾隆年间中进士，后入朝为官，虽为官期间多有好名声，但奈何仕途上磕磕绊绊，后辞官隐居"随园"。

这个大才子还是个不折不扣的美食家，他的著作《随园食单》是他日常生活里近四十年美食实践的产物。他实地考察，

吃遍天下美食，在文中细致地描摹了乾隆年间江浙地区的饮食状况与烹饪技术，而后又用大量的笔墨记述了326种南北菜肴的详细做法，在清代乃至在现代都极其重要的一部中国饮食名著。

袁枚主张性灵说，非常注重生活情趣，在山水之中畅游得不亦乐乎，而他与常人不同的是，他喜欢一样东西，会用心观察，并且记录下来。他喜欢品茶，写下了不少茶诗，如《试茶》："闽人种茶如种田，郄车而载盈万千。"而他游历河山，也写下了不少风景雅作。

《春日杂诗》前两句写细雨中青翠春色初显，后两句写月华有情杏花俏。清明节气雨水霏霏，缠绵的细雨潇潇落下，为春天播撒一抹清新自然，温润中带有清凉。淅淅沥沥的雨恣意挥洒，天地间铺成了一张大网，网住春的脚步。

在其他诗人眼中的清明雨也各有不同："清明雨后寒梢红。树底草齐千片净，墙头风急数枝空。""城南看花花正开，清明微雨洒尘埃。""杏花零落清明雨，卷帘双燕来还去。"

而袁枚在春雨绵绵中，看到了春天的痕迹，闻到了春天的气息，一个"痕"字将无形的春天化为有形有情的意象，而在这春天的欢舞下，喜鹊欣喜地筑起了巢。

后两句写明月清朗：你看那明月有情，约我在月光下漫步，月有情，人有意，月下赏景，月影诗人两两相依，而那杏花在树梢上望着月亮，看着人。

　　夜空、树梢、地上，空间里三者相交，构成了一幅月夜静谧赏景图。如此美妙的意境，深远的情致，清新淡雅的色调，让人沉浸在这情意闲适里，与那月影融融、春意暖暖共享闲暇时光。

　　"月上柳梢头，人约黄昏后"，不是月亮相约，却是人相约在月亮柳梢头的时间，诗中人的深切之情溢于言表。

　　春雨中，月光下，杏花疏影，人情正浓。

第二辑

# 花鸟鱼虫自然趣，山水云树鬼斧工

　　人间草木知情意，凡人小事眷恋深。平平淡淡的生活里，流淌着风趣的自然，知道了"蝉噪林逾静，鸟鸣山更幽"的哲理，看到了"夜虫扶砌响，轻蛾绕烛飞"的清新，体会了"几处早莺争暖树，谁家新燕啄春泥"的温情。

　　游山水赏云树，让我们敬畏生命："水何澹澹，山岛竦峙"，感悟大地苍茫；"碧云天，黄花地，秋色连波，波上寒烟翠"荡洗千里江山。

　　大自然的鬼斧神工造就最美的风景，在这份盛情下，我们可与古人共享这最真诚的馈赠。

# 曹操　水何澹澹，山岛竦峙

## 观沧海

[汉]曹操

东临碣石，以观沧海。

水何澹澹，山岛竦峙。

树木丛生，百草丰茂。

秋风萧瑟，洪波涌起。

日月之行，若出其中；

星汉灿烂，若出其里。

幸甚至哉，歌以咏志。

毛泽东说曹操："往事越千年，魏武挥鞭，东临碣石有遗篇。"许劭说他是"清平之奸贼，乱世之英雄"。陈寿说他："亦可谓非常之人，超世之杰矣。"无论世人如何评价，他都是当之无愧的"建安风骨"的开创者。

他的诗歌在古代并不受推崇，《诗品》里甚至把他的作品列为下品。只因为在他的乐府词中纵意而不押韵，不符合审美意向。也许是先入为主的印象和历史事迹让古人对于曹操的文学作品水准有了认识的偏颇，曹操的文才含量、人生阅历和心态格局，无论在政治、军事、民生、经济等方面，还是在人才、谋略方面，他都运筹帷幄，了然于心。

曹操的文学作品虽不多，也不常经营此道，但他诗中的气魄清俊，慷慨悲壮，自然野性，承汉朝之恢宏，扬建安之文才。他的心怀不在凡尘世俗，而在天下苍生，也正因为曹操身居高处，格局阔大，眼界深远，他的诗才表现出吞吐日月的气势，浑厚自由，更心系国家民众，其气度无人可比。

曹操是"建安风骨"的代表诗人，"风"是指诗文有感染人的生命力。"骨"是指表现力，也就是行文写诗刚健有力，有气势底蕴。曹操的诗作有动乱时期哀鸿遍野的民生疾苦，有一统天下的壮志雄心，有对人生短暂的感慨，有浓重的时代色彩，也有诗人自己独特个性的融入。

《观沧海》是一首古体四言乐府诗，语言生动，感情真挚而豪壮，日月星辰，世间万物都尽在诗人胸怀中，在诗歌中看到了诗人的气魄和伟大情怀。

公元207年秋天，北征乌桓得胜，曹操带领大军凯旋，心中充满了胜利的喜悦。途中，军队路过河北昌黎的碣石山。在碣石山观海，曹操诗兴大发，慷慨激昂地借眼前的景致抒写豪情。

海水波浪摇动起起伏伏，白浪滔滔，多么的大气浩荡，碧海蓝天白浪，被巨浪拍打着的山岛高高地挺立在海边，毫不畏惧地屹立着，仿佛千百年都是这样坚强。

远望，海边树木苍劲挺拔，百草丛生，不受羁绊地疯长，一片郁郁葱葱，十分繁茂。

秋风萧瑟，横扫树木落叶，发出悲鸣的声音，诉说着秋天的故事，树叶不肯和大树分离，可秋风无情扫去；海中涌着巨浪，波涛汹涌澎湃，挟着横扫千军的气势。

耀眼的太阳和清冷的月亮好像是从这浩瀚无边的海洋中升起而运转的。后世诗人写"海上明月共潮声"，也写"水中天际一时红"，这日出月落，着眼点最远不过海岸线。而曹操的思维更加开阔，直接写日月都从海中得到新生。

日月之外，天际之外，银河璀璨，星光灿烂，也仿佛是从这无边无际的汪洋中产生出来的。

全诗最后一句是乐府歌结束用语，意为十分庆幸来到这里，用这首诗歌来感叹表达自己内心的志向。

曹操誓师北伐，大胜而归，临碣石山。登山观海，站在秦始皇、汉武帝曾经登过的碣石山，面对着波涛骤起的大海，触景生情，心中宏大的志向像这波涛汹涌的海洋一样无法平静。那一统山河、缔造盛世的宏伟抱负与这山海日月一起融汇到诗歌里，可谓豪气无限。

这气魄贯穿长虹，外接宇宙。这气势有谁敢挡？这胸襟有谁能有？

　　曹操一生金戈铁马，南征北战，气吞万里，但他又雅爱文学，善写诗歌。曹操的诗歌风格悲凉豪迈，语言朴实无华且不乏厚重感，又善用比兴，尽显自由大气，品格自高。

　　千古风流人物，观沧海，一声笑，一段豪情长留人间。

# 王籍　蝉噪林逾静，鸟鸣山更幽

### 入若耶溪

[南北朝]王籍

舻舼何泛泛，空水共悠悠。

阴霞生远岫，阳景逐回流。

蝉噪林逾静，鸟鸣山更幽。

此地动归念，长年悲倦游。

风景秀丽鱼鸥成群的若耶溪，又称若耶，它出自浙江绍兴若耶山，北流入运河，相传为西施浣纱之所。历代的文人雅士来此地游赏泛舟，留下了不少脍炙人口的诗作。

孟浩然的"白首垂钓翁，新装浣纱女"，写溪边怡然自得的人们；李白的"若耶溪畔采莲女，笑隔荷花共人语"，写清新自然、明媚娇俏的采莲人；杜甫"若耶溪，云门寺，吾独胡为在泥滓？青鞋布袜从此始"，写从若耶溪生出的感慨；辛弃疾《汉宫春·会稽蓬莱阁怀古》词"谁向若耶溪上，倩美人西去，麋鹿姑苏"，写溪上的美景如梦幻一般。

　　而要说使若耶溪一举成名的人，当属南朝梁诗人王籍，其名作《入若耶溪》一诗将若耶溪推到世人眼前，也将他的文才载入诗史。

　　王籍虽文采翩翩，但仕途不尽得意，在遭贬黜之后，寄情于山水之间，畅游天地，并将情思写在诗中，将风景铺入诗篇。上得谢灵运山水诗之灵韵，下启王维等诗人。

　　若耶溪在会稽若耶山下，依山傍水，景色秀丽，让人流连忘返，回忆无穷。诗题点出诗人游若耶溪，泛舟其中，心旷神怡，看山水景色不觉沉醉。因而挥笔写下此诗，将美景尽收诗中。

　　若耶溪上游流经群山，下游两岸草木丰盛，景致幽雅，澄澈无瑕的天空倒映在悠悠的流水中，水天相连。诗人驾着小舟在清澈的溪水里随性游玩，悠悠然然，满目美景让心也安适下来。

　　时间转眼流去，日暮将至，晚霞从远山的那头新生，斜阳的余光照耀着蜿蜒的水流，只见这光不断地追逐着这曲折的溪流，直到给它披上一层淡淡的柔光，波光粼粼，荡漾着秀丽和温柔。

　　蝉声此起彼伏，声声呼唤着绿阴，树林却越发宁静幽深。鸟鸣声声和流水相伴，深山里更显得清幽。此情此景却让诗人在喜悦之余动了思乡之情，进而产生了归隐之意。一个"倦"字，说尽诗人当时的惆怅心情——我厌倦了官场的沉浮，只愿徜徉于山水之中。

　　"蝉噪林逾静，鸟鸣山更幽"，通过写聒噪的蝉与鸟鸣，更突出了树林与山的幽静。而此句在写景之外还有哲理性，鸟鸣和山幽静本是对立的，此刻却又融为一体。

　　正如贾岛的"鸟宿池边树，僧敲月下门"，"敲"字更突出了夜的宁静，使画面更显幽深。

　　若耶溪，从沉鱼落雁的西施在那里浣纱开始，它动人的美景注定陶醉了世人，倾倒了行人。

# 孟浩然　绿树村边合，青山郭外斜

过故人庄

[唐]孟浩然

故人具鸡黍，邀我至田家。

绿树村边合，青山郭外斜。

开轩面场圃，把酒话桑麻。

待到重阳日，还来就菊花。

孟浩然，名浩，字浩然，号孟山人，是唐朝第一个倾力创作山水田园风光的诗人。这其实也跟他的性格和人生经历有关。

他虽身负大才，但一生未曾入仕，又喜游历山水之间，为人洒脱不拘又富有情趣，个性浪漫又不失细心，能细腻地感受到山水田园独特的魅力，并把景象用艺术手法展现出来。

后人把孟浩然与王维并称为"王孟"，但是就闻道的先后而言，王维写山水诗是在孟浩然之后。人如其名，"浩"字带浩瀚之气，他写"气蒸云梦泽，波撼岳阳城"，何其壮观浩荡，震撼人心。而"然"字又代表了他的山水柔情，又有道家的思想，胸襟开阔，为人处事如清风拂面，让人舒适自在，所以他知交遍天下。

孟浩然多次来长安寻找出仕的机会，然而，随着他年岁渐长，科举却屡次不中。为此，他作《长安平春》一诗，抒发渴望及第的心情。

虽仕途不顺，孟浩然在交友上却是收获颇丰。他先与王维结交，王维为孟浩然画像，两人成为忘年之交。而后孟浩然又与李白交游，两人一拍即合，又都是性情中人，李白对孟浩然有孺慕之情，孟浩然对李白有欣赏之情，两人友谊日笃。

而就是这个一生不曾踏入官场的孟浩然，其实离高官厚禄也曾仅有一步之遥，传说一日孟浩然入好友府中谈天说地，适逢唐玄宗驾临，玄宗命惊慌之下躲在床下的孟浩然觐见，因他对孟浩然的不凡诗情早有耳闻，便兴致盎然地命孟浩然当场诵诗。

孟浩然赋诗道："北阙休上书，南山归敝庐。不才明主弃，多病故人疏。"然而，一句"不才明主弃"却令龙颜大怒，玄宗不悦地说："未见你上书求仕，又何必诬朕弃卿。"于是将孟浩然放归襄阳。

别人作诗一举成名，被皇帝赏识提拔。而孟浩然作诗葬送了前途不说，还差一点丢了性命！然而，到了这个境地，天生乐观向上的孟浩然虽也有失意，但还是把心思放宽，把兴致转向山水，在山水中畅游，看行云来去，看流水潺潺，身心和诗歌都充满了淡然豁达之感。

也许，在山水田园之间随时随地享受生活，才不会觉得时间被白白浪费，才不会生出人生无所事事的忧愁。

《过故人庄》一诗，顾名思义，写诗人到乡村老友家做客的经过。淳朴自然的田园风光，乡村人家的热情好客，田园生活的宁馨舒适，都在此诗中跃然呈现。

诗人开门见山叙事，朋友热情地邀请我到他的农舍做客，预备好丰盛的饭菜，准备好自家喂养的鸡肉和美食来招待我。他真心相待，我也不会见外，随即热情应约。开篇虽简单，但朴实中添了新意，表现了乡村人的实在热情，非常有乡土气息。

带着好心情走在乡间的小路上，近处翠绿的树林环绕着小小的村落，这个村子就像被绿树拥抱在怀里的孩童，多么美妙，作者的心情也像这绿树一样轻快。远处，青色山峦在城外横卧着陪伴村庄，村落平坦，而又有群山相依，被大自然环绕的村庄多么和谐，多么美好。

轩窗一开，清风自来，映入眼帘的是开阔的打谷场和菜圃，一望而生敞亮之意。有别于城市的处处楼肆酒舍、喧嚷热闹迷人眼，这里广阔安宁的景象让人心情舒展。

主宾举起酒杯谈论农事和庄稼收获，充满了生活气息，诗人仿佛闻到了泥土的芬芳，看到了那喜人的庄稼。

一顿算不上丰盛但充满了主人心意的午餐，一壶老酒一场欢声，使诗人依依不舍。等到九月重阳节，秋高气爽的好日子，他还要来这里赏菊花呢！

就是这种毫不拘束的爽朗之语，展现出诗人的畅快之情，主客之间融洽欢畅。诗人没有卖弄文采，也没有刻意渲染气氛、追求田园的意境美，而是用明朗直白的语言描摹状物，美妙而真切。

菊花是田园诗中常见的意象，陶渊明的一句"采菊东篱下，悠然见南山"，将宁静安详的心态烘托而出。而孟浩然的这个重阳节再次"就菊花"，将田园人家的热情洒脱写得格外有人情味，别有一番风趣。

有人言山村田园风光无限，有人嫌农村荒郊贫瘠无趣。眼界不同，看法也不一样；心境不一，景致自然也不同。乡村之美在于乡景的天然、乡人的热情，他们的淳朴，他们的忠厚，以及山水全无雕饰，处处皆自然。

# 王昌龄　寒雨连江夜入吴，平明送客楚山孤

芙蓉楼送辛渐

［唐］王昌龄

寒雨连江夜入吴，平明送客楚山孤。

洛阳亲友如相问，一片冰心在玉壶。

王昌龄，字少伯，盛唐时期著名边塞诗人。王昌龄诗作精彩绝伦，人缘也极好，与同时期的李白、高适、王维、王之涣、岑参等人都交情深厚。他们志同道合，谈古论今，把酒言欢，吟诗作对，互相切磋，又各有风采，为盛唐诗坛的最中坚的力量。

著名学者闻一多评王昌龄、孟浩然为盛唐诗坛"个性最为显著"的两个作家。而这两个作家之间也有着很深厚的因缘羁绊：王昌龄在襄阳与孟浩然相逢，两人一见如故，举杯相约。当时孟浩然身患宿疾，没多久就因疾病复发溘然长逝了。王昌龄异常悲痛——自己所敬佩的前辈、朋友才匆匆一见竟离世了。

随后，他碰到了后来的挚友——当时还是陌生人的李白——他们相见恨晚，这一见便结下了深深的缘分。离别时，王昌龄

写了一首诗《巴陵送李十二》送别李白："摇曳巴陵洲渚分，清江传语便风闻。山长不见秋城色，日暮兼葭空水云。"

李白对王昌龄也十分想念，写下《闻王昌龄左迁龙标遥有此寄》一诗回赠王昌龄："杨花落尽子规啼，闻道龙标过五溪。我寄愁心与明月，随风直到夜郎西。"

王昌龄善写七绝，曾深入边塞体验生活，因而他的边塞诗具有高度的概括性，语言圆润，意境深远，内容含蓄委婉，善于细节的描写刻画，情景交融中又善用赋、比、兴的艺术手法，且用典极其巧妙，不着痕迹，大大增添了诗歌的艺术性。

王昌龄的边塞诗不同于高适和岑参所写的昂扬雄奇的长歌行体，他另辟蹊径，以短小精悍的绝句形式写边塞风光、征人相思。令人读起来婉转流畅，又有经久不息的韵味。

王昌龄的宫词和闺怨词语言凝练，心理揣测非常到位，把宫女和闺中思妇们内心深处的各种情绪都拿捏得恰到好处，细腻且直抵人心。

王昌龄的送别诗同样不同凡响，诚挚的心，深厚的情谊表露无遗。他更注重离别后的情景，不说送别时的意境。他的送别诗里没有恭维，没有虚情，只有平实和真切的祝福。

《芙蓉楼送辛渐》一诗在送别诗中独树一帜。登芙蓉楼可俯瞰长江，又能遥望江北，视野极广。

诗人在芙蓉楼送别好友辛渐。他先写送别之景，渲染离别愁绪，寒冷的烟雨一夜之间洒遍江面，这份寒凉从江上飘来，冷意传进吴地。寒冷来得匆匆，忧愁也随之而来。一夜之间，天寒地冻。

清晨，诗人送走了辛渐，孤独的诗人面对着苍青的孤山却不知所言，只觉得凄冷愁苦。他不舍地离去，而朋友早已经走远，只能将这内心深处的话写在诗中。

诗人说：如果洛阳的亲友惦记着我而问起我，朋友啊，请你转告他们，我的心依然如冰一样澄澈，如玉一般透亮，一直在坚守自己的信念，不曾变化。

这里的"玉壶"代表着自然通透的纯洁之心。而这份心的澄澈，也正是作者不受功名利禄世情玷污的决心，以及不为贬职而改变的节操。

王昌龄也写有其他的送别诗，如："醉别江楼橘柚香，江风引雨入舟凉。忆君遥在潇湘月，愁听清猿梦里长。"此诗虚实结合，借助想象造出依依离别之情。起句温馨，空中仿佛飘散着橘柚的香气。结句朦胧梦幻，艺术构思极为新颖。

就像"洛阳亲友如相问"，我们每个人都有着一众亲友，有时他们会将你团团围住，热情相问，也许我们都知道这是出自关心，更是因为关爱。

但有时过多的询问却让被问人显得无奈。那么，这时候，不妨想想"一片冰心在玉壶"的王昌龄吧——能领略到这美好的人情，只因初心未变。

# 王维　草枯鹰眼疾，雪尽马蹄轻

## 观　猎

[唐] 王维

风劲角弓鸣，将军猎渭城。

草枯鹰眼疾，雪尽马蹄轻。

忽过新丰市，还归细柳营。

回看射雕处，千里暮云平。

王维，唐代诗人，字摩诘，世人对他推崇至极，称之为"诗佛"。"诗"是彰显王维在唐朝这个"文质相炳焕，众星罗秋旻"的璀璨诗坛崇高独特的地位，而"佛"不仅因其笃信精通佛学，更因他诗含禅理，意悠远、味无穷。闲来漫读王维的诗，初觉音律朗朗而上口，再觉字字入微至臻，后品诗画一体境界超然，终觉意味深远而回甘。

盛唐时期，文人墨客甚多，诗词大放异彩。李白诗风飘逸千古，自在洒脱；杜甫的诗气魄伟大，沉郁顿挫；而王维的才华与二者交相辉映，却又独成一派，赋予诗歌以动静结合的音律美，一气呵成有层次结构的意境美，以及浑然天成清新自然的画卷美。

王维禅意空灵、恬静闲适的诗风也与他的成长经历密不可分。据王维所著的《请施庄为寺表》云："亡母故博陵县君崔氏，师事大照禅师三十余年，褐衣蔬食，持戒安禅，乐住山林，志求寂静。"可知王维出生在一个虔诚的佛教徒家庭，耳濡目染，从小就受到了母亲礼佛的熏陶，并结下与佛家的因缘。

王维晚年退朝之后，焚香独坐，以禅颂为事，过着僧侣般的生活。所以王维的诗中总是浸满了禅意。王维在《终南别业》中写道："行到水穷处，坐看云雨时。"将水穷到云起到下雨的过程，融会贯通到人生的境界，正如一个人在修行过程中遇到种种障碍。

开元二十五年，王维奉命出塞，为凉州河西节度幕判官。他的仕途生活并不顺畅，几度被贬迁，在此间，王维写下了军旅边塞生活题材的游侠诗。例如："一身能擘两雕弧，虏骑千重只似无。偏坐金鞍调白羽，纷纷射杀五单于。"短短四句尽显豪侠气概，经历千载，依然凛凛有生气。

无论是"明月松间照，清泉石上流"的清新田园诗，还是侠气豪迈的边塞诗、游侠诗，世间人事、景色，他都能信手拈来，落笔成诗。

角弓鸣响，风声、角弓声先声夺人，北风呼啸，肃杀的气氛中，忽然传来开弓放箭的声音，弓箭离弦，铮铮作响，风的强劲从弦的震响听出；弦的铮鸣声则因为风力更加强盛。风声、弓声彼此相应，等待怒马玄甲、意气风发的神勇将军在肃杀秋声中出场。

将军纵雄鹰出击捕捉猎物，迅猛而壮观，将军怒马追逐，马蹄声声，嗒嗒不停，进一步渲染了打猎的紧张气氛，细致地刻画出打猎的场面，"风劲角弓鸣，将军猎渭城"成为千古传诵的名句。

从渭水北岸一眼望去，此时的渭水城郊草木萧条，层层叠叠的积雪已然消逝得无影无踪，冬末的料峭萧条中却露出一丝盎然春意。草木颜色微黄，但雄鹰眼神锐利，锐利的鹰眼闪电一般发现远处的猎物，将军骑着马迅速追踪猎物。

转眼马蹄已过新丰市，不久又回到细柳营了。一切如风般急促。从"忽"和"还"二字看出将军归猎速度之快，更呼应前面的积雪消融，马蹄轻快。有时间的转变，更有地点的变化，让人有瞬息万变之感。

蓦然回头向远处眺望，只见射雕处恰在苍茫荒野间。千里之外，傍晚的云层与大地连成一片，一直到天际尽头。

"射雕处"借用了一个典故：北齐斛律光精通武艺，曾射中一雕，人称"射雕都督"。此处引用这个典故，是以之作比，赞美将军箭法高超，臂力惊人。打猎后风定云停，人马归于自然。

从肃杀的开场，到意气风发的出场，到怒马追猎的英勇，及至最后满载而归，一切终归于平静。

尾联与首联遥相呼应，形成色彩鲜明的对比，风起云涌，从容不迫，那骑在马背上英姿飒爽的将军，不正是王维自己对未来的向往，对建功立业壮志豪情的渴望吗？

王维的禅意人生有田园清风相伴，有山水的自在相随，有大漠沙场的浩气纵横，有官场失意不平的愤懑，有怒马追猎的意气风发，最后归于恬静舒适的安然，可谓种种滋味在其中。

有人把生活写成诗，而王维则用灵动之笔把画写成诗。

# 杜甫　两个黄鹂鸣翠柳，一行白鹭上青天

## 绝　句

[唐]杜甫

两个黄鹂鸣翠柳，一行白鹭上青天。

窗含西岭千秋雪，门泊东吴万里船。

诗圣杜甫，素享有盛名，他是现实主义诗歌的代表人物，是享誉世界的文化名人。杜甫，字子美，自号少陵野老，唐代伟大的现实主义诗人，与李白齐名称为"李杜"。杜甫的诗写时事，写现实，堪称史诗。因作品多深苦悲郁兼胸怀壮志忧国民，基调较为深沉，所以杜甫也常被称为"老杜"。

杜甫生活在唐朝由盛转衰的历史时期，是盛唐衰落的见证者，也是衰落后的漂泊者、受难者。盛唐时，他也曾激情澎湃地写出"会当凌绝顶，一览众山小"的凌云气势。后朝廷巨变，社会动荡。他用手中的笔写出现实，诗中尽情挥洒他内心的悲愤：他对国民的忧思，他对朝廷黑暗的失望，他郁郁不得志的失意……

也许，沉郁并不是他自己所愿，而是时事所造。他内心一直坚持的仁爱思想使他做不到逃避现实，更放不下为国为民的追求。

杜甫的诗歌在格律上有极大成就，对后世也产生了巨大影响，他继承传统律诗的审美性，对仗工整，精于炼字。一般而言，过于拘谨于格式会产生枯燥乏味感或刻意感，但是，杜甫的律诗不仅如信手拈来般自然且合乎规律，而且把律诗写得富有变化，文笔恣意，浑如天成，绝没有一丝生硬的束缚感。不仅读来顺畅，无斧凿痕迹，又能体会到律诗独特的韵律美。

而且，杜甫将律诗的内容推进得更加丰富，他活用律诗咏怀、寄情山水，写宴请、羁旅之事。创新性地将时事写进对字数、音律要求极高的律诗里，具有开创性的意义。

杜甫的绝句多写风景，将绚丽生动的景色无形中勾染成一幅幅淡雅清新的翰墨画卷。该《绝句》是组诗，共四首，此为其三。

诗人让空中翩翩双飞的黄鹂的鸣叫声，灵动地"飞"入诗句，使人顿生春意。两只黄鹂在歌唱翠绿的柔柳，黄莺的声音悦耳动听，象征着春天的盎然生机。两个黄鹂对应一行白鹭，一行白鹭高飞在青天上，白鹭为白色，天为碧青色，蓝天中一抹纯白，那纯白排成一行飞动前行。

这两句中的黄鹂、翠柳、白鹭、青天形成色彩上的交错美，展示了春天的明媚鲜活。而视线一开始是落在地面上娇俏的黄莺儿，翠柳啼莺，而后安适的白鹭飞上了天空，一个活泼好动，一个悠远平静；一个怡然，一个飘逸。两者对比，勾画出和谐美好的春天，可见诗人的欣喜欢快之情。

诗人身在草堂，心系天下，后两句写诗人远望和神思之景。从小小的窗户望去，诗人却望到了遥远的岷山。岷山山顶终年积雪不化，雪峰银光闪烁，经历千秋万载，依然巍然屹立，冰雪不消。

一个小小的窗户拘束不了作者宽广的心，他看到了世界，看到了神圣的雪山，看到了千古不变的情景。那西岭的雪峰嵌在窗框里，多么美妙。这是多么大胆的想象——作者将巨大的空间呈现在小小的窗框里，宛如一幅悠远的、赏也赏不尽的美景画卷。

而门前停泊的船儿竟然是从万里之外的长江下游行驶而来的，此句可以看出作者的惊喜之情，以及对大自然鬼斧神工的赞叹。

千秋雪，时间千载，万里船，空间万里，诗人位于草堂，从小小的窗户望千秋万里之物，立意高远辽阔，胸襟、眼界宽广，将诗句由眼前的活泼景象转向无边的天空，思绪从这里飞向千里之外的神圣雪山。最后，万里之外的游船带着一路的风景和故事航行而来。

诗句意象一层一层递进，一块一块叠加，仿佛将大千世界尽收眼底。

# 杜甫　黄四娘家花满蹊，千朵万朵压枝低

江畔独步寻花·其六

[唐]杜甫

黄四娘家花满蹊，千朵万朵压枝低。

留连戏蝶时时舞，自在娇莺恰恰啼。

杜甫出生于北方士族之家，青少年时期家庭富裕安定，士族家庭十分注重对孩子的教育，所以，杜甫从小就在诗书的世界中受到熏陶，七岁便能作诗，且胸怀大志。

但是，众人不知的是，七岁前的杜甫却异常贪玩，他读书注意力分散，一会东张西望一会左顾右盼，让他在板凳上乖乖坐着比登天还难。一直到五六岁，他连一首完整的诗都记不住。幸而，后来经过爷爷的严厉管教，杜甫终于改掉了贪玩的坏习惯，开始发愤图强，苦读勤练。后来，杜甫写下了"读书破万卷，下笔如有神"的诗句来阐述自己对诗歌创作的心得。

对自己小时的顽皮，杜甫如此证实："忆年十五心尚孩，健如黄犊走复来。庭前八月梨枣熟，一日上树能千回。"

　　杜甫成年后不仅读破万卷书，也行了万里路，十九岁时，他开始外出远游，增长见闻。他漫游吴越，又访遍赵齐，后在洛阳与李白相遇。当时，杜甫虽风华正茂但还默默无名，而李白名满天下，但被玄宗赐金还放，与仕途无缘，同样有志难伸。

　　李白年长杜甫11岁，但两人都喜爱悠游，又性嗜酒赋诗，两人可谓一拍即合，建立了深厚的友谊。在这段时间，两人时时切磋诗文，畅游美景，还相约同游梁宋。

　　而后，随着"安史之乱"的爆发，两人天涯两分，漂泊无依，辗转流离。阔别十余年后，杜甫还念念不忘他和李白携手同游的欢快时光，写了一首《春日忆李白》，赞美李白的天才无人可敌。

　　杜甫客居长安十年，仕途失意，生活窘迫，后为官也是闲职，只因生计的无奈而接任。后经"安史之乱"，杜甫开始漂泊西南，居无定所，偶有安定，也不长久，这苦难至死方休。

　　杜甫饱经离乱，辗转数地，最后来到成都，在友人的帮助下于成都西郊的浣花溪畔建成了一座草堂，称杜甫草堂，又因建在浣花溪畔又称浣花草堂。历经漂泊苦难的杜甫终于有了暂时安身的所在，诗人的身心也因有了暂时的归宿而平和下来。

　　在草堂居住的日子里，杜甫心情舒畅，心中充满对美好生活的向往。于是，诗人在独自散步赏春时创作出了《江畔独步寻花》等七首作品。

其中第六首诗充满生机，诗人对花开的欣喜之情溢出诗外。

诗人于溪边独自漫步赏春，路过邻居黄四娘家，只见黄四娘家的花开得正旺盛，将湖边小路都遮蔽了。一个"满"字，写出花开正浓。那花香满溢，只觉眼中一片明艳。花朵争奇斗艳，一朵赛一朵争相生长，花茎被繁茂的花朵压低，枝条快要垂到地上。一朵一朵本应是亭亭玉立，婀娜多姿的花儿挨挨挤挤在一起，不见优雅，反而增添了一种春天的野性美、活力美，让人只觉眼前一片欣欣向荣的景象。

花儿斑斓灿烂，引来彩蝶于芬芳馥郁的花间飞舞，充满画面感：一只只彩蝶有的在飞舞，有的停在花瓣上小憩，有的飞在花儿上空，仿佛在嗅着这花香。看到此情此景，诗人留恋不已，不禁驻步，在这里静静地欣赏，看春天的颜色，看春天的动态，看花与蝴蝶的和谐。

而这时，自由自在的黄莺也悄悄赶来，那恰如其分的啼鸣，仿佛在吟唱这春天的美景。

将绝句写得如此清新脱俗又富有色彩，而且炼字如此自然而不做作，这世上唯有杜甫这样的名家才能做到吧。

# 张志和　西塞山前白鹭飞，桃花流水鳜鱼肥

## 渔歌子

[唐]张志和

西塞山前白鹭飞，桃花流水鳜鱼肥。

青箬笠，绿蓑衣，斜风细雨不须归。

张志和从小博学能文，也曾进士及第，入朝为官且平步青云。后有感于人世沧桑，随即辞官游历天下，浪迹天涯，喜驾一叶扁舟，在水中央垂纶，以渔樵为乐。

张志和的父亲张游精通道家思想，一生闲游安适，未曾出仕。张志和从小受道教文化思想熏陶，也养成了喜好自然的超脱性格。他后来干脆自号"烟波钓徒"，甚至把道家经典著作《道德经》编纂成《玄真子》一书，因此又改号为"玄真子"。

张志和的渔歌逸思高迈，词绝妙，语精拔，是目空千古的自我写照，也超脱了自然的境界。他的《渔歌子》吟成后，不仅轰动一时唱和者甚众，引后来名士如苏轼、黄庭坚等人敬仰模仿，而且流播海外，为日本词人争相效仿。

　　庄子所著的《庄子·杂篇·渔父》一篇中就已经出现了渔父形象，"渔父"为一捕鱼的老人，借此篇阐述了"持守其真"、还归自然的主张，树立了渔父隐道者的形象；《楚辞》中的"渔父"是一位避世钓鱼江滨的高洁隐士，强调清白的节操，表明渔父品德高尚；而张志和诗中的渔父，就是他自己这个悠闲、欢乐的人。

　　此诗是诗人驾舟迎接即将赴任湖州刺史的好友颜真卿时的即兴唱和，共作五首，此为其中之一。时值春色正浓，桃花艳舞，碧波水涨，鳜鱼肥美，见此美景，诗人挥笔赞美山水美景，抒发热爱之情。

　　西塞山在西苕溪上，而西苕溪北通太湖，南邻莫干山，风景秀丽，一派优美景象。白鹭又称鹭鸶，远望外形似白鹤，体态轻盈、优美、颀长，常在水中觅食。

　　"西塞山前白鹭飞"，美丽的西塞山前，白鹭时而安静地在溪水徜徉，时而极速地捕鱼，时而展翅高飞于碧蓝如洗的天空。山水之间有动物，有动态，处处生趣洋溢。诗人只用五个字就勾勒出如此清新壮阔的全景。

　　此时，人间芳华正浓，桃花朵朵盛开，一阵清风吹过桃树，下起了嫣红的花瓣儿雨，花瓣飘落在因春雨绵绵而涨起的柔柔河水上。

　　从岸边的桃花飘落，转向流水，而后顺其自然地写到水中沉寂了一冬的鳜鱼。此时，春暖花开，正是一年中最美好的时光，这成群的鱼儿也按捺不住赏春之情，在河水中跳跃、翻腾、嬉戏，波光中鱼鳞闪闪，耀眼夺目。

作者没有把笔墨放在一个意象上细心描摹，而是顺畅地写出了犹如画面又如故事一样的景致，勾起读者的无限想象，寥寥数语，鲜活的画面感跃入眼帘，栩栩如生地浮现在读者的脑海之中。

"青箬笠，绿蓑衣，斜风细雨不须归"，鱼儿肥美，雨丝微微，最欣喜的要数捕鱼人了。头戴青色箬笠，身披绿色蓑衣，与青山绿水完美融合。诗人在烟雨春风温柔的触抚下，在这色彩缤纷的山水中，于小舟上静静欣赏春之美，体会收获的喜悦。

多么愉悦的情感，多么欢快的笔调，此时的美好和幸福，让回家都变得不重要了。

苍黑色的岩石，青色的山，白色优美的鹭鸶，鲜艳夺目的娇红桃林，清澈见底的细水长流，黄褐色蹦跳着的肥美鳜鱼，青色的圆圆斗笠，一身绿色的简单蓑衣……

多么鲜活的动态美，多么鲜明的色彩，多么精巧别致的构思。渔人生活多么令人神往，作者对自然、自由的喜爱是多么热烈！

张志和，就如同这诗中的渔人一样，就是那乘着一时扁舟，于山水间遗世而独立的隐者。

# 戎昱　金风浦上吹黄叶，一夜纷纷满客舟

## 宿湘江

[唐]戎昱

九月湘江水漫流，沙边唯览月华秋。

金风浦上吹黄叶，一夜纷纷满客舟。

戎昱，唐代诗人，荆州人。时势造英雄，而社会现实成就诗人，中唐时期朝廷内外矛盾凸显，严峻的形势、冷酷的现实，使诗歌的主流由盛唐的浪漫主义转向现实主义。而戎昱是中唐前期注重反映现实的诗人之一。其作品多为感伤身世，反映战争的残忍、民间的疾苦，或同情百姓流离失所等。他的诗作真情流露，真挚而悲怆，颇有现实意义。艺术风格多沉郁、清拔，以气质取胜，用词造句巧妙，声调和谐，婉切动人。

戎昱的写景诗多流露思乡之情，但《宿湘江》一诗却别有一番风味。《宿湘江》将在湘江边投宿时所见的秋风卷黄叶、秋月的光华、满怀离思的游人一一道来。

前两句写正逢九月初秋时节，诗人投宿湘江边，信步来到

江边漫游，天色渐晚，而度过了春夏的水涨节气，九月的湘江水并不急湍汹涌，反而如秋天的寂寥深沉一般细细流淌着。

湘江下游地势平坦，沿河的沙洲隐约可见，诗人在夜色中漫步江边，不知不觉间，秋月渐渐升起，月华映照黄沙，秋月皎皎，虽无春日之灿烂，却多了一种静谧的、朦胧的优美。秋月的光华洒在细沙之上，更添淡淡的忧伤。远望流水，脚踩黄沙，仰望秋月之华，"唯览"一词包含多少无奈之情。

关于湘江，我们的脑海里总是会浮现出一幅又一幅的诗情画卷。而戎昱笔下的秋夜湘江，有一种淡淡的、迷离的美。

诗的后两句写景写人，接着写第二日的江边景象。秋风吹卷着枯黄的叶子，在空中起舞，飘落在江面，随着江水飘零而去。黄叶秋风是悲秋的典型意象，风的动态因吹黄叶而显现。值此良夜，不知道人们是否也像诗人一样独步江边思念故乡？

诗句已写完，而留下了余味，那小舟上满满的游客，是继续前行漂泊，还是因回到家乡而欣喜呢？

诗人途经湖南湘江，见湘江月色有感而发，在赞叹湘江独有的风情外，也透露出诗人的感伤和对家乡的思念之情。诗虽简短、朴实，却给人无限的遐思和沉郁的伤感。

# 张籍　湘水无潮秋水阔，湘中月落行人发

## 湘江曲

[唐]张籍

湘水无潮秋水阔，湘中月落行人发。

送人发，送人归，白蘋茫茫鹧鸪飞。

中唐时期，有个崇拜杜甫的人，他把杜甫的名诗抄到纸上一首一首地烧掉，然后把烧完的纸灰小心翼翼地收到碗里，再淋上蜂蜜搅拌，每天早上吃上三匙。

朋友们看了都非常诧异，他也因此受尽了耻笑，而他却毫不在意地说道："吃了杜甫的诗，我就能写出和杜甫一样的好诗了！"这个特立独行的奇人，就是著名诗人张籍。

张籍的行为固然有些不可思议，让人无法理解，但是从另一方面来说，他是真心痴迷于诗歌创作，也为了追求诗作的完美而不懈努力。看来，偶像的力量从古至今就不可小觑。

张籍，字文昌，唐代中后期诗人，世称"张水部"。其乐府诗与王建齐名，时人并称"张王乐府"。他擅写乐府诗，晚年却

多作近体诗。

张籍是白居易等人发起的"新乐府运动"的积极参与者，其乐府诗颇多反映当时社会现实之作，如《征妇怨》："九月匈奴杀边将，汉军全没辽水上。万里无人收白骨，家家城下招魂葬。妇人依倚子与夫，同居贫贱心亦舒。夫死战场子在腹，妾身虽存如昼烛。"其诗语言流畅自然，直白又凝练，内容多为揭露现实生活中的苦难，读来令人震撼。

张籍的诗立意也很新颖，常常会借平常的意象表达深刻的社会批评。比如《牧童词》："远牧牛，绕村四面禾黍稠。陂中饥乌啄牛背，令我不得戏垄头。入陂草多牛散行，白犊时向芦中鸣。隔堤吹叶应同伴，还鼓长鞭三四声。牛牛食草莫相触，官家截尔头上角。"

看诗题应该是表达轻松欢快的乡村田园风光，但到最后一句——即使是牛，官家也要加以严密控制——短短两句反映了官吏的严苛统治，抒发了诗人对人民疾苦的深切同情。

除了现实主义诗歌，张籍还创作了不少描绘农村风俗和田园生活的诗，如《采莲曲》《江南曲》等。张籍长期漂泊在外为官，又结交众友，所以也有经典的乡愁诗和离别诗，如《秋思》："洛阳城里见秋风，欲作家书意万重。复恐匆匆说不尽，行人临发又开封。"用最寻常的寄信前后的心情，写出浓浓的乡愁，用浅淡写深沉，乍看寥寥数语简单白话，但细细品味却有无穷无尽的味道。

而送别诗《湘江曲》，就是其中大有深意的经典佳作。

《湘江曲》从题可知地点，这是张籍宦游湖南行至湘江边时赏景而作的一首诗。简单明了，富有韵律感，看似平淡，实则深意无限。

正逢初秋时分，湘江沿岸平缓而广阔，这时的湘水和这宁静的秋一样，没有大的浪潮汹涌，只有秋日的开阔和幽深的寂静。诗人以湘水全景入诗，疏阔大气又不失秋的平静淡然，景致广阔，更显萧条。

秋水无潮而诗人心潮涌动，如此浅白的文字，却富有极深的感染力。场景一转，月色浸入湘水中，景色醉人，而就在这月下沉、日未升的熹微晨光里，湘江上的船只已经坐满了即将出发去外地的人。

终是到了离别的时候，诗人内心的愁绪已涌上心头。

送人出发，看这船儿就这样消失在湘江的尽头，极目远眺也终是看不见了踪影，送人之后，诗人还得自己回去，只剩下那广阔湘水里的枝蔓在水中不断起舞，纷飞的白蘋花儿一片又一片乱人心扉。

那叫着"行不得也，行不得也"的鹧鸪飞过，又增添了几分离别之愁，这悲这情何时才能化解？

诗中闻鹧鸪，总是多愁情，诗人爱用鹧鸪鸟写悲情。如李白的"越王勾践破吴归。义士还乡尽锦衣。宫女如花满春殿。只今惟有鹧鸪飞",用鹧鸪写苍凉衰败的景象,和从前热闹繁华对比。又比如辛弃疾的"青山遮不住,毕竟东流去。江晚正愁余,山深闻鹧鸪"。

此时,诗人已经满怀愁绪,听到鹧鸪的叫声,可谓愁上加愁。

也许,生活就是一次次的离别,但是,离别的时候,被留下来的那一个才是最为神伤的人——眼睁睁地看着离人远去,而自己又要独自面对熟悉的风景,总觉得少了些什么,又总觉得多了些什么——那多了的,便是挥之不去的离愁。

# 韩愈　天街小雨润如酥，草色遥看近却无

早春呈水部张十八员外

[唐]韩愈

天街小雨润如酥，草色遥看近却无。

最是一年春好处，绝胜烟柳满皇都。

韩愈，字退之，唐代杰出的文学家、思想家、哲学家和政治家，因出生于河北昌黎，世人尊称其为"韩昌黎"。

韩愈是唐代古文运动的倡导者和发动者。在古文趋于衰落的晚唐，出现了一股奢华绮丽、空洞浮夸的文风，以韩愈、柳宗元为代表的学者们为了推行古道、复兴儒学，开展了一场轰轰烈烈的"古文运动"，创作了大量平易自然、有血有肉地反映现实生活的经典散文。为后来北宋的诗文革新做了铺垫，也为散文创作树立了新的方向。

人们把这些为拯救古文做出扛鼎贡献且文思出众的学者并称为"唐宋八大家"，而韩愈则被后人尊为"唐宋八大家"之首，与柳宗元并称"韩柳"，有"文章巨公"和"百代文宗"之誉。

韩愈在散文上提倡"文道合一"，文章与儒道兼具，气势雄伟，说理透彻，条理分明。他的诗歌力求新奇，气势恢宏，把新的古文语言、章法、技巧引入诗坛，进一步增强了诗的表达功能，扩大了诗的领域，对诗歌的发展产生了巨大的影响。

韩愈之诗，除了他最具代表性的表现怪奇景象的作品外，还有反映现实生活的清新淡雅之作。《早春呈水部张十八员外二首》是七言绝句，浅白如话，清丽可爱，可见韩愈文学功底之深厚。

这首诗细致地描写了长安初春，小雨初霁的优美景色，诗中选取的意象是极其普通的春天的"小雨"和"草色"，用词朴实无华，通俗易懂，虽平淡无奇却又意境无限。

韩愈自己说："艰穷怪变得，往往造平淡。"意思是平淡之处才见功底，凸显了他写作技艺之精湛。

早春时节，诗人见春景而感怀，于是挥笔成诗呈现给好友张籍。"润如酥"捕捉到初春小雨细润的触感——如酥油般柔滑而滋润，尽显春雨的清新优美。

遥遥望去，新生的娇嫩小草上还带着蒙眬的气息，像是刚睁开眼的样子。雨如细丝，飘落在这层薄薄的、青绿难辨的细芽上。是以，草色遥望似有，近观却无。这一写景之句甚为妙哉，不仅抓住了春草刚刚发芽时稀疏的特点，也写出作者对于发现春天来到的惊喜，对一片葱郁生机景象的喜爱。

　　"最是一年春好处，绝胜烟柳满皇都。"早春时节，万物复苏，缥缈的细雨和青青草色，正是一年中景致最好的时候，虽不如晚春的繁花似锦，绿草如茵，但胜在那一份清新自然，平实淡雅的诗情画意。

　　如此美好的春光图卷，诗人将其呈现给好友，又何尝不是一种深挚情谊的体现。

# 白居易　绕池闲步看鱼游，正值儿童弄钓舟

观游鱼

[唐]白居易

绕池闲步看鱼游，正值儿童弄钓舟。

一种爱鱼心各异，我来施食尔垂钓。

大自然中除了月朗星稀、日出云落、春雨冬雪等景象外，还有充满活力的各种植物：灿烂的桃花、娇艳的红杏、濯清涟而不妖的荷花、清淡隐逸的菊花、幽香沁人的梅花、苍劲挺拔的松柏……

与美景相伴的还有各种生命，如荷花上的蜻蜓，水池里的小鱼，以及畅游山水间的游人，为这些美景增添了无限活力。

在这首诗里，诗人将数个意象勾勒成一个画面，细致描摹画面里的景致，将人的闲情逸致融入美景中，可谓人与情、人与景、情与景共生欣喜。

诗题点出诗人在池塘边观游鱼这一事件。只见他背着手悠闲地在池塘边散步，观赏池水中嬉戏的游鱼，鱼儿群游，搅乱

了一池碧水。从这一句诗里，你能想象出一条条鱼儿或跳跃或潜水，或拍打着水花的模样，鱼儿的活泼可爱溢于言表。

远处，一阵清脆的声音传来，几个儿童相约，在小小的池塘里泛舟前行。此时，一群鱼儿忽东忽西地摆着尾巴在池塘里穿行，孩子们顿生垂钓的乐趣——何不垂钓池塘，将鱼儿带回家继续观赏？

同样是喜欢鱼，但喜欢的方式却各不相同，心态也不一样：诗人喜欢游鱼，只是喂食它们，远远地在池畔观赏；而孩子们喜欢鱼儿，却要把它们带回家。

只看《观游鱼》诗题，此诗应为写景写物诗，但儿童钓鱼的行为引发了诗人的思考。诗人将自己只远观而不打扰的赏鱼方式和儿童钓鱼的爱鱼方式进行对比，阐明一个深刻的道理：爱并不等同于拥有，就像爱花并不一定要折枝，爱鸟儿不必把它关在笼子里一样。

全诗虽无一处华彩绮丽之词，却写出了深刻的道理，也点出了诗人的惆怅、无奈之情。

唐诗中的孩童形象往往纯真可爱，诗句温情活泼，充满恬淡憧憬之情。如白居易的另一首诗《池上》："小娃撑小艇，偷采白莲回。不解藏踪迹，浮萍一道开。"就写出了小主人公天真幼稚、活泼淘气的可爱形象，一派欢畅之情。

少时总是欢乐多，爬树捉鱼摘花朵，调皮不知花草意。直至成年，方才领悟自然与人共生的道理。白居易用诗的形式描述自己的观察，并不强分对错，一切都让读者自己体会，平淡中可见新意。

# 白居易　几处早莺争暖树，谁家新燕啄春泥

### 钱塘湖春行

[唐]白居易

孤山寺北贾亭西，水面初平云脚低。

几处早莺争暖树，谁家新燕啄春泥。

乱花渐欲迷人眼，浅草才能没马蹄。

最爱湖东行不足，绿杨阴里白沙堤。

钱塘湖又称西湖，曾有名圣湖、美人湖、上湖、潋滟湖等诸多名称，但世人只公认两个名字，一是钱塘湖，因杭州古时名为钱塘而得名。二是西湖，因此湖位于杭州城西而得名。

西湖三面环山，有一山、二塔、三岛、三堤、五湖等格局景致。享誉千年的西湖，以其美丽景致和深厚的文化底蕴吸引了历代文人墨客、雅致之士在此流连观赏，并创作了无数佳句名篇。

例如，"山外青山楼外楼，西湖歌舞几时休"，写西湖的美景与古时西湖夜景的繁华；"欲把西湖比西子，淡妆浓抹总相

宜"，将西湖比作美人西施，无论浓妆或淡抹都很美丽。

而要说与西湖渊源最深的诗人，当属白居易。

长庆二年，白居易任杭州刺史，任职期间他兴修水利，并亲自主持修筑了西湖堤岸，使得西湖的贮水量大大提升。为此，他还撰写了《钱塘湖闸记》，并刻碑立石。

白居易这一系列的治理举措，既保护了西湖堤岸，疏通了水道，也留下了惠及后世的水利工程。

白居易一生还留下了大量和西湖有关的诗词，可谓是对西湖情有独钟。《钱塘湖春行》一诗将西湖美景呈现得淋漓尽致。

这首诗不但描绘了西湖让人心生荡漾的旖旎春光，还将世间万物在春色沐浴下的生机渲染而出。诗人陶醉在美景中的温馨喜悦之情溢于言表。同时，诗人对春天新生万物的热情也深具感染力。

孤山位于在西湖的后湖与外湖之间，因不与其他山峰相连而得名。孤山寺就隐匿在峰峦叠翠的孤山之上，诗人登孤山寺赏美景，而后向北前行，游览前人在西湖建造的风景名胜——贾公亭。

诗人立于贾公亭的西畔，放眼而去，湖水碧波荡漾，天上白云层层叠叠形成云幕，湖光山色与天上白云连成一片，大好风光尽收眼底。

冰雪融化，加上绵绵如丝的细雨，使得西湖湖面上升，与冬天有了不同的变化。可见白居易敏锐的观察力和为官者对水利的关注。西湖水面初升与堤岸相平，以诗人的视线看去，春水盈盈上升。而天上云层低垂，一上一下，两者此消彼长，正好消融在一起。

诗人正在岸边欣赏着西湖的静美时，耳畔忽然传来清脆的声音，搅乱了这一池春水。循声望去，原来是几只娇俏的黄莺争相飞向那温暖的春树，这里的"争"字写出了春的无限活力。

燕子历来为春天的使者，"谁家新燕"写出了燕子的调皮可爱，更显示了作者的惊喜，展现了春意盎然的景色。

紧接着，诗人写到湖边烂漫的花草。此时，春意正浓，野花绚烂多姿，蓬勃生长，纷繁的花儿将人眼都渐渐迷住了。相较于繁花，春草初生，颜色正浅，却带着十足的韧性，刚好将马蹄没过。

诗人移步换景，登孤山俯瞰西湖全景，行至贾亭西，远望山水一色。而后于湖边看黄莺、新燕争暖树，继而又将视线转向英华纷乱却活力四射的繁花浅草。最后将这饱满的热爱之情释放出来，直接表达了对西湖的爱意。

西湖美景固然令人流连忘返，而白居易笔下的西湖更添灵动神韵。

# 柳宗元　烟销日出不见人，欸乃一声山水绿

## 渔　翁

[唐]柳宗元

渔翁夜傍西岩宿，晓汲清湘燃楚竹。

烟销日出不见人，欸乃一声山水绿。

回看天际下中流，岩上无心云相逐。

柳宗元，字子厚，河东（今山西运城永济一带）人，世称"柳河东"，他以散文闻名于世，位列唐宋八大家之中。他在文学、哲学思想等方面都有所建树，与韩愈并称为"韩柳"，与刘禹锡并称"刘柳"，与王维、孟浩然、韦应物并称"王孟韦柳"。

柳宗元的父亲为地方官员，他常随其身边，亲身经历过藩镇割据的战火，也目睹了社会的危机，直面现实社会的动荡不安，这促使他很早就树立了救世济民的远大志向。后柳宗元入朝为官，更深层次地接触到了官场的黑暗腐败，他坚定了革新政治的信念，一生多次升官也多次被贬。

坎坷的仕途和生命境遇也丰富了柳宗元感时伤世的文学创

作。他的散文笔锋犀利，论说性强。他的论说又极富有哲理，追求精神上的满足和哲思。

柳宗元不但文采出众，为人也刚正不阿。他一生的挚友刘禹锡被贬到荒凉偏僻的小地方为官，而刘禹锡的母亲已经八十多岁了，带着老人赴任只恐老母亲经不起颠簸。而若是不带上老母，如若分别也是死别。

为了成全好友的孝道，也为了好友的处境考虑，柳宗元拖着病躯，毅然主动提出要与刘禹锡交换任职的地方。他说："播非人所居，而梦亲在堂，万无母子俱往理。"这份大义，彰显了柳宗元堪称君子的典范。

柳宗元不仅文采、人品好，为官从政也一心为民。他在任柳州刺史期间，不畏险阻，大胆地改革柳州恶俗，并且自己出钱赎回那些被卖为奴隶的人，在民间颇有盛名。

柳宗元被贬永州，一腔热血和抱负无处安放，只好寄情于山水。于是，他遍览永州各地的湖光山色，写下了许多动人的的诗篇。《渔翁》一诗就是这期间的代表作之一。

诗的大意是：夜幕低垂，渔翁收起渔网，驾着小舟，伴着日落的残影而归，将小舟停靠在西山暂时留宿，一派祥和温柔的景象。一夜转眼而逝，清晨醒来，渔翁如往常一样忙碌，取水、点燃竹子，简单地做起早饭。这就是普通百姓生活的气息，恬淡、忙碌，也知足、欢乐。

　　晨雾已被初升的艳阳吹散，却还不见人们出来游玩，而渔夫也不见了踪影。忽然听到"欸乃"一声，循声望去，绿水间，小舟上，忽现渔夫黝黑喜悦且精神饱满的脸。他摇着船桨，爽朗歌唱，生活喜乐而充实。

　　回看无际天边，江水滔滔，犹如滚滚红尘不断地流淌前行。山石上的几缕白云各自舒展，悠然地飘荡。此刻，坐看云起云舒，侧听渔舟回响，遥望绿水长流的诗人才是最欣悦、最无忧的人。

　　陶渊明《归去来兮辞》中说："云无心而出岫。"云淡然自若，无心出岫，柳宗元笔下的云也无心相逐。只愿物我两忘，心灵宁静，坦然享受着时光山水的馈赠，不被世俗所烦扰。

　　柳宗元的《永州八记》也写于此时，柳宗元踏遍永州山水，与农夫、渔夫相交。他在人生最艰难晦暗的十年间，与山水对话，与百姓相亲，寻求内心的宁静安定，写出了一生最丰富多彩的文学作品。

　　也许是永州的山水和诗人都遭遇了被世人遗忘和冷漠相对的际遇，也许是永州的山水让诗人感受到了人生的真谛，因而，柳宗元才写出了足以让世人铭记并广为传颂的以永州为蓝本的精彩诗文。

　　柳宗元常常在山水中体悟人生，感受人生的至境。在其《江雪》一诗中，又见渔翁这一形象："千山鸟飞绝，万径人踪灭。孤舟蓑笠翁，独钓寒江雪。"这里的渔翁却是如此清高孤傲，仿若远离尘世。

# 李煜　千里江山寒色远，芦花深处泊孤舟

## 望江南·闲梦远

### [五代]李煜

　　闲梦远，南国正芳春。船上管弦江面渌，满城飞絮辊轻尘。忙杀看花人！

　　闲梦远，南国正清秋。千里江山寒色远，芦花深处泊孤舟，笛在月明楼。

　　"春花秋月何时了？往事知多少。小楼昨夜又东风，故国不堪回首月明中。雕栏玉砌应犹在，只是朱颜改。问君能有几多愁？恰似一江春水向东流。"

　　想起故国，诗人悔恨交加，愁绪满怀，像这流不尽的春水。宫殿精雕细刻的栏杆、玉石砌成的台阶应该还在，只是故人已衰老，山河已经破碎，诗人无法接受这个现实，只能被困在小楼里看着那东风卷残云，明月照凄凉，春水滚滚流逝，陷入回忆里不能自拔。

　　这首词也被称为李煜的绝命词。这位亡国之君抬首问苍天，

俯身看大地，愁绪如海，无法言表。也许，对他而言，只有寄情于诗词，才能得到短暂的解脱。

李煜，字重光，南唐最后一位国君。作为君主，他长于深宫，虽有赤子之心，却贪于享乐，性格孱弱，无治国之志。他在政治上稚嫩得犹如孩童，让人耻笑。宋朝灭了他的国，他却用词征服了大宋，成为词坛的神话，令有宋一代词人折服、膜拜，引领了一个时代的词作风潮。

他前半生享尽富贵荣华，过着天下最富贵快意的生活，而后半生葬送江山，被敌国拘禁，饱受屈辱悔恨。他独特的身份与遭遇，也让他在文学创作上迸发出了巨大的能量。

李煜的词多短小，却情味深远，意境优美。《望江南·闲梦远》这首词写于亡国后，他的幽禁生活百无聊赖，常常梦回旧日日，于是写词抒发对过去静好岁月的追思。

上阕写闲来总做遥远的梦，此时南国正是春光明媚的时候，可再好的国土风光也不属于他了。游春于湖上，热闹欢畅的乐声不绝于耳，满城的柳树把白色的絮丝儿撒向天地，像细微的尘土在空中、地上翻滚。这可忙坏了赏花的人儿，如此繁茂热闹的春景，让人眼花缭乱。

下阕诗人梦回南唐故国，那里已然是深秋时节，一片清冷景象。广袤的国土被覆盖上了一层淡淡的秋色，飘荡如雪的芦花深处，泊着一叶小舟，悠扬高远的笛声回响在那洒满银色月光的清冷高楼。全词不说愁，只有那淡淡的清远的怀念让人忧。

作者选取春秋两季景色入词，又用梦境将虚实景色结合，抒孤心怀故乡的悲情。

然而，思念故国的眷恋难舍，在这逐渐幽远的笛声中，在那热闹的看花人中，在梦中的秋色中都已化作过往云烟。往事不堪回首，只留万种滋味在心头。

# 柳永　对潇潇暮雨洒江天，一番洗清秋

## 八声甘州

[宋]柳永

对潇潇暮雨洒江天，一番洗清秋。渐霜风凄紧，关河冷落，残照当楼。是处红衰翠减，苒苒物华休。唯有长江水，无语东流。

不忍登高临远，望故乡渺邈，归思难收。叹年来踪迹，何事苦淹留。想佳人妆楼颙望，误几回、天际识归舟。争知我，倚栏杆处，正恁凝愁！

柳永出身官宦世家，少时饱读诗书，立志求取功名。柳永的父亲、叔叔、两个哥哥，甚至连他的儿子、侄子都是进士。而柳永却一生仕途坎坷，一再落榜，年过半百才及第登科。

其实，柳永早有机会登科，但因当时的皇帝宋真宗认为他的词是靡靡之音，难登大雅之堂。所以，尽管很多人一再举荐，也都被皇帝否决，并曾戏言让他"且去填词"。柳永自此之后大受打击，一蹶不振，遂于歌肆酒舍流连，自号"奉圣旨填词柳三变"。

柳永出入歌肆酒舍时，填词一为衣食无忧，一为抒发情思。"寒蝉凄切，对长亭晚，骤雨初歇。都门帐饮无绪，留恋处，兰舟催发。执手相看泪眼，竟无语凝噎。念去去，千里烟波，暮霭沉沉楚天阔。"写离愁别绪，两地相思，缠绵悱恻，凄婉感人。

柳永的词多写世俗女性大胆的爱情观，写她们失恋后的愁苦悲郁，堪称女性心事的代言人。他的词作雅俗共赏，词调丰富，极有特色。"雅"指他诗词中运用典故，注重意境和气氛渲染。而"俗"指他把日常生活里的口语代入诗词里并反复使用，简单、明了、生动，具有张力。

除此之外，他还善描城市风光，抒羁旅行役之情，他的词在当时广泛流传，在市井中极负盛名，人称"凡有井水饮处，皆能歌柳词"。

这首词通过描绘寒冷清秋的景象，抒发诗人怀才不遇、仕途上接连失意的悲慨之情。

暮雨潇潇，不肯停歇，久久地站在这无边的江水岸上。雨水冲刷天地，仿佛要把这秋天肃洗一番。渐渐地，雨散云收，秋风渐紧，清冷的落日余晖映照山河，满目所见皆为残花落叶。那些美好的景色、华彩的万物，都如这荏苒的时光一般，已然被秋风带走。只有那长江水默默地向东流去，不曾言语，不曾停歇。

柳永所见秋景之萧凉，正如他内心之悲凄。

下阙，柳永情难自抑，情感之流汹涌而出：我不敢也不忍来高处眺望，只因为一登高望着那远方，就想到那遥不可及的故乡。归家的心情难以抑制，思念之情犹如江水般滔滔不绝。哀叹着回想这几年的行踪，漂泊无定犹如浮萍。究竟有什么事、有什么苦楚无尽地淹没了心扉？

为什么不回家？不是不回，不是不想回，只是就这样没有任何成就回去，也只是徒增伤感，不如遥遥地期望。

失意和功名难取的失落，让柳永心如刀割。

也许，佳人就在那江边的画楼上日日夜夜地等待，远远地眺望天际，数着过往的小舟，一个一个的找寻舟上的诗人。而佳人啊，就在你痴心寻觅他的时候，又怎知道此刻他正倚着高楼，扶栏眺望远方。愁意漫漫，不知何时才能衣锦还乡。

"霜风凄紧，关河冷落，残照当楼"三句，笔墨轻描，却极富表现力，仿佛全天下的秋愁都席卷而来，就连不喜柳永媚俗词风的苏轼也称赞："此语于诗句不减唐人高处"。

在这首词里柳永表现了三重悲苦：一苦故乡难归；二苦漂泊不定、不被赏识、壮志难酬；三苦佳人守候却不知归期。层层剖述，将思乡怀人之意写得淋漓尽致。

# 范仲淹
## 碧云天，黄叶地，秋色连波，波上寒烟翠

苏幕遮·怀旧

[宋]范仲淹

碧云天，黄叶地，秋色连波，波上寒烟翠。山映斜阳天接水，芳草无情，更在斜阳外。

黯乡魂，追旅思，夜夜除非，好梦留人睡。明月楼高休独倚，酒入愁肠，化作相思泪。

他是心系天下、慷慨激昂的士大夫，也是朱熹口中"天地间气，第一流人物"。范仲淹为人耿直，言事无忌，脾气也硬，所以受到了很多非议，朝中官员和朋友对他的评价也是褒贬不一，有很多争议。

其实，这跟他坎坷的成长经历有关：范仲淹两岁丧父，家道中落，其母带着年幼的他改嫁朱文翰，范仲淹也改姓名为朱说，并在朱家长大成人。继父不仅对他照顾有加，还供他读书。

范仲淹一生苦读不辍。青少年时期，他一读起书来就秉烛

达旦，不知疲倦。数年寒窗生涯后，范仲淹早已博览儒家经典，并立下了兼济天下的抱负。

十年寒窗，一朝金榜题名，范仲淹这个寒儒终于中了进士，开始了仕途生涯。他为官治理有方、刚正不阿，后应晏殊的邀请，执掌应天书院教席。任上他勤勉督学，严以律己，以身作则，一生坚守士大夫应有的高尚节操。

但他过于刚直，直言不讳，惹怒了朝中权臣，一再被贬职，他说："侍奉皇上绝不能一味阿谀奉承，只要有益于朝廷社稷之事，必定秉公直言，即使惹来杀身之祸也在所不惜。"

后来，好友梅尧臣作《灵乌赋》一文力劝范仲淹明哲保身，不要多管闲事。范仲淹则回以《灵乌赋》，再三强调自己"宁鸣而死，不默而生"。他的凛然大节让人不禁肃然起敬。

范仲淹任职邓州时，设立花洲学院，并于闲暇之余讲学，大兴邓州文风。也正是在这期间，他写下了闻名天下的《岳阳楼记》一文。在文章中，他集记叙、抒情、写景、哲思于一体，逻辑缜密，有很强的说服力。他在文中写下的"先天下之忧而忧，后天下之乐而乐"则成为亘古传世之句，也成了文人气节风骨的至高宣言。

诗歌上，范仲淹主张诗歌创作要源于现实生活，切身感知万物，才能创作出真实的、有感情的、符合时事的诗歌，那空虚浮华的靡靡之音、无病呻吟的文章应该被摒弃。

范仲淹的词也有突出的个人特色和鲜明的感情色彩；他的边塞诗开创了宋代豪放词派风格，又引领宋词贴近生活现实，一改婉约清淡的传统风格，为宋词注入了新鲜刚健的活力。

写《苏幕遮·怀旧》一词时范仲淹正在西北边塞任职，羁旅在外，顿生思乡之情。本词虽也写思乡的离愁别恨，但意境高远阔大，景色秾丽，情调柔中带着沉雄清刚之气。清人许昂霄评这首词："铁石心肠人亦作此消魂语。"

词的上阕写壮丽之景。碧色苍天，白云远，黄叶簌簌落地，清波之上，寒烟升腾而起。"寒"字尽显秋天的雾霭消沉凄凉，"翠"字又让这秋天添上了明亮的色彩。一抹斜阳，映照苍山，又消逝在水的尽头，而潇潇芳草无限绵延，望不到头，似乎比斜阳更遥远。那伸展到边际的无情"芳草"之地，也是那远处难归的家乡所在。

元代剧作家王实甫在《西厢记》"长亭送别"一折中，将"碧云天，黄叶地"改为"碧云天，黄花地"。只是黄叶地更显苍茫大气，黄花地更添寂寥柔情。

黯然神伤地思念令人魂牵梦萦的家乡，愁思无处排遣。一个"追"字，将这愁思拟人化了，它无时无刻不追赶着离人，只有在睡梦中才能得到些许安慰。

明月下，独自登高远眺，故乡难忘，更添离愁。曹操云"何以解忧，唯有杜康"，但是，有时候，举杯消愁，愁思更深。

# 晏殊　春风不解禁杨花，蒙蒙乱扑行人面

## 踏莎行

### ［宋］晏殊

小径红稀，芳郊绿遍，高台树色阴阴见。春风不解禁杨花，蒙蒙乱扑行人面。

翠叶藏莺，朱帘隔燕，炉香静逐游丝转。一场愁梦酒醒时，斜阳却照深深院。

晏殊，字同叔，抚州临川人。北宋著名文学家、政治家。他五岁能作诗写文，十四岁在殿试时受皇帝嘉赏，被赐同进士出身，开始入仕。他仕途生涯虽有小曲折但也算顺遂，最后官至宰相。

身在高位的晏殊不但人品高尚，做事严谨，待人也很亲和。他在任内大力重用贤才，范仲淹、孔道辅、王安石等人都是晏殊门下弟子；韩琦、富弼、欧阳修等名臣也都是他一手栽培引荐的。韩琦、富弼后来都官至宰相，为国效力。这一切都得益于晏殊的慧眼识才。

晏殊不但在官场上荣耀一生，在家庭生活上也异常圆满，他的女婿富弼显忠尚德，为"昭勋阁二十四功臣"之一。他的儿子晏几道很有乃父风范，自幼文采出众，在词作方面成就非凡，是婉约派词人的重要代表作家。

除了仕途得意，晏殊在文学上也有着很高的成就。他以词著于文坛，他的词为宋词开先导之路，开创了北宋婉约词风。其词风吸收前人清丽的特点，并融入含蓄雅致的柔情，衍生出新的词派，他也因此被称为"北宋倚声家之初祖"。

此词写暮春景色，上阕写郊外景色，下阕写深院内景色，并借景抒情。一场沉醉，一场梦醒后，只剩斜阳照在深院里。梦醒后还有些迷糊，不知是在人间还是在梦中。

词的上阕，首句写芳郊暮春最典型景象。小路两旁的红花已经开过最灿烂的时候，现在变得凋零稀疏，偶有几瓣残红星星点点地在绿叶中摇曳；目光转向远处，只见绿草油油，已经漫布山野。此句将晚春的残花和正当茂盛的绿草做对比，更突出残花已逝的失落惋惜之感。

春天转眼而过，仿佛悄无声息，但作者还是观察到了这种细微的变化，可见作者心思细腻。"稀""遍"二字，写出了花儿、绿草渐渐变化的动态。

诗人来到树边，却被飞着的白杨花胡乱扑面。而这一切都要怪春风没有管好杨花，将它解禁而出漫天飞舞，袭上游春人的面颊。

春风也羁不住杨花的任性，也挡不住杨花的纷飞。春天已然过去，杨树飞花送春迎夏，游人无可奈何，又被这调皮的杨花所感染。

"翠叶藏莺，珠帘隔燕"两句，一承上句绿树之叶茂密可以藏住黄莺的身影，二引下文，笔下之景从室外顺势转入室内——燕子为朱帘所隔。从而带动读者的视线进入室内。

下阕写室内静谧，香炉里的烟袅袅上升，热气蕴出漂浮不定的游丝。以动衬静，将室内的缥缈宁静烘托而出。

醉酒后午睡一场，梦中春天已过。睡醒后词人还处于迷蒙状态，不知道今时何时，悠悠看着窗外，只见一抹斜阳照入深深的庭院中，只觉愁绪入心头。更显余味无穷。

梦里，春天已走，只余半梦半醒的夏日时光。

# 晏殊　远村秋色如画，红树间疏黄

## 诉衷情·芙蓉金菊斗馨香

### ［宋］晏殊

芙蓉金菊斗馨香。天气欲重阳。远村秋色如画，红树间疏黄。

流水淡，碧天长。路茫茫。凭高目断。鸿雁来时，无限思量。

古今成大事业又有大学问者，晏殊算得上其中一个，除了官至宰相，他还在教育上有所建树。

晏殊在应天府任职期间，大力扶持应天书院，为国家培养了大批人才。应天书院又称"睢阳书院"，与白鹿洞、石鼓、岳麓书院合称"宋初四大书院"。这是自五代十国以来，学校教育屡遭禁废后，晏殊引领兴起的新一轮教育潮流。

而晏殊的大格局体现在——无论入仕后还是晚年，他都在不停地学习。他不仅是宰相词人，还工诗善书，宋史中评价他的诗作"闲雅有情思，文章赡丽"。

　　一个人在事业、学问上的成功，当然离不开自身人品的加持。晏殊为人诚实，十四岁殿试时，他诚实地告诉皇帝，应考试题自己曾做过。在换了一个更高难度的题目后，晏殊当堂作文，赢得众人赞赏。

　　皇帝认为晏殊能把持自己，不游玩赏宴，而是自重地闭门读书，为人稳重，于是任命晏殊为辅导太子读书的官员。但是，晏殊却说其实自己也喜欢游乐，只是家中贫苦，没钱参加罢了。他的坦诚让皇帝更加信任他。

　　高尚的人品，出众的文采，巨大的政治贡献，晏殊的人生可谓辉煌。

　　《诉衷情·芙蓉金菊斗馨香》这首词，由词名可见这首词写的是秋日芙蓉金菊争艳的景象。

　　近重阳，万花纷谢，芙蓉和金菊粉墨登场，它们争相竞放，争芳斗艳，使出浑身解数散发馨香，誓要决出谁是秋日最美、最芬芳的花朵。就在这重阳时节，远处的乡村秋色如画卷铺展而开，那一片片被秋风染红的叶子中透出渐渐稀疏的明亮的黄色，美不胜收。

　　下阕将景象描绘得更为深远，古人在重阳节有登高的风俗，可见景物是作者于高处俯视而见。溪水清澈明亮，缓缓流逝；万里长空，碧青如洗，路途茫茫望不到头。诗人的心境也如这天高云淡的秋景般旷达。

　　紧接着写到目光被截断，只见传情鸿雁缓缓飞来，捎来了远方的思念，无限思量在心间。词句戛然而止，意犹未尽。只将这淡淡的思念、深沉的挂念，刻写在这片蓝天下，画进这幅远村图卷中。

　　重阳节早在战国时期就已经形成，自魏晋起气氛渐浓，到了唐代被正式定为民间的节日，此后沿袭至今。

　　重阳节正逢金秋九月，天高气爽，适合家人团聚，登高览胜。唐代诗人王维有著名诗作《九月九日忆山东兄弟》："独在异乡为异客，每逢佳节倍思亲。遥知兄弟登高处，遍插茱萸少一人。"抒发诗人对家人团聚的渴望，以及自己独处的悲凉之情。而晏殊的这首词更多是写秋思、秋景，借景抒发秋日的淡淡忧伤。

# 王安石　爆竹声中一岁除，春风送暖入屠苏

## 元　日

[宋]王安石

爆竹声中一岁除，春风送暖入屠苏。

千门万户曈曈日，总把新桃换旧符。

黄庭坚评王安石："余尝熟观其风度，真视富贵如浮云，不溺于财利酒色，一世之伟人也。"

王安石才情敏捷，政治觉悟高，为官清廉，但却常常须发纷乱，不修边幅。不知其才和人品者，常误以为他每日寻酒作乐。除了仪表邋遢，他在饮食上也不讲究。实际上，他所有的时间都花在了为官治学上。

王安石除散文、诗、词成就外，还潜心研究经学，被誉为"通儒"，开创"荆公新学"。他的哲思见解也让人敬佩，其哲学命题"新故相除"，把中国古代辩证法推到一个新高度。王安石新故相除的观点阐述了自然界和人类社会新旧交替的规律，为后世进步思想家所继承。

　　《元日》题目点明此诗所作时间正逢春节。除旧迎新之际，一片片响彻天地的爆竹声送走了旧的一年。人们饮着醇美的屠苏酒，感受到春天的气息。新升的太阳照耀着充满喜气的千家万户，人们撕下了旧的桃符，贴上了新的。红彤彤的纸上用龙飞凤舞的字体写下人们对新年的无限期许。

　　"瞳瞳"为叠音，读起来朗朗上口，更凸显太阳光芒的强烈。读完这一首诗，过年的热闹喜气场景浮现眼前，充满了欢快的市井生活气息。

　　此时正逢王安石推行变法时期，他的内心也深深期盼着把国家的弊端陈旧除去，迎入如春风般温暖的生机活力。

　　新旧交替，不禁让人想到刘禹锡的"沉舟侧畔千帆过，病树前头万木春"。这句诗表现出了诗人的豁达胸襟，同时寄寓了新事物终将代替旧事物的深刻哲理。

　　新年新气象，一首《元日》道不尽的喜悦，希望世间每一个迎新之节，都充满欢乐和希望。

# 秦观　月明船笛参差起，风定池莲自在香

## 纳 凉

[宋代]秦观

携扙来追柳外凉，画桥南畔倚胡床。

月明船笛参差起，风定池莲自在香。

秦观，江苏高邮人，字少游，一字太虚，被后世尊为婉约派词宗。其词风格多清婉、幽深、冷寂，又因官路坎坷，其作品多了些孤独、寂寞的愁绪。

秦观与黄庭坚、晁补之、张耒合称"苏门四学士"。"苏"指苏轼，可以说，苏轼是秦观的伯乐和老师。

《冷斋夜话》中记载，秦观一直仰慕苏轼文才。一天，秦观得知苏轼即将游访维扬，于是仿照苏轼的文笔在山寺墙壁上题词。苏东坡见到后非常惊诧，不能辨认是否为自己所作。后来，经人推荐，苏东坡将秦观的数百篇诗词一一读来，感叹道："向书壁者，岂此郎也！"

自此，秦观得以拜访苏轼，两人开始了亲密的来往。后来，

他与苏轼常通书信，互寄诗词，饮酒论文，又同游数地。苏轼鼓励秦观参加科举，可秦观两次落榜，苏轼亦为他惋惜。

随后，苏轼将秦观介绍给王安石，王安石也很欣赏秦观的才华，两位文坛巨匠的欣赏和激励令秦观重拾信心，再去应考。这一次，他终于踏上了官场。

可惜的是，秦观的仕途并不顺畅，诸多愁苦及遭人排挤之情无法排解，他因而常常写诗词抒发自己的郁郁不得志。

这首《纳凉》第一句写追寻凉意，在炎热之日，家中的闷热环境已让作者觉得难受，于是，他干脆携着手杖出门去寻觅清风。"携""追"两字可以看出作者想要离开火热环境时迫不及待的心情。

那么，为什么"柳外"是最凉爽的呢？诗人在后面给了答案。原来，这一行行绿柳栽种在画桥南畔，依傍着河水，又青翠成影，这里能不凉快么？

顺其自然又出乎意料的是，诗人干脆在这里架起了胡床，看来是有备而来，不禁为诗人的坦率行为所折服。这时，他已然倚在胡床上惬意地享受这清凉时光。

月光倾泻，清脆的笛声参差而起，在水面萦绕不绝，宛若天籁。晚风初定，水池中莲花盛开，幽香不时散溢。诗人将视觉上的红莲绿柳，听觉上的清脆笛声，嗅觉上的莲香和触觉上的清凉合成了一幅悠悠纳凉图。不仅身心的燥热疲惫一扫而空，连精神上都爽朗惬意起来。

这首小诗看似闲适，实则沉重，诗人厌倦了官场的尔虞我诈、钩心斗角，想远离这热火煎熬着的官场，追求内心清凉安逸的世界。

古诗中写笛声的作品也有很多，比如李白的《春夜洛城闻笛》："谁家玉笛暗飞声，散入春风满洛城。此夜曲中闻折柳，何人不起故园情？"不同于秦观纳凉诗中清脆的笛声，这里的笛声悠长，勾起闻者的思乡之情。

# 周邦彦　水面清圆，一一风荷举

## 苏幕遮·燎沉香

[宋]周邦彦

燎沉香，消溽暑。鸟雀呼晴，侵晓窥檐语。叶上初阳干宿雨，水面清圆，一一风荷举。

故乡遥，何日去。家住吴门，久作长安旅。五月渔郎相忆否？小楫轻舟，梦入芙蓉浦。

宋时词人辈出，周邦彦被尊称为婉约词派"正宗"，又有"词中老杜"之称，是公认的"负一代词名"的词人，在宋代影响甚大。

徽宗赵佶时，周邦彦被提举至大晟府（最高音乐机关），负责谱制词曲，用以供奉朝廷。由此可知，周邦彦不仅词填得好，还精通音律，谱曲也是一流的。他用词多雅致、清丽，善于铺长调以写景叙事，词风与众不同且富有格调。

《苏幕遮·燎沉香》这首小令，将荷花的自然清新描写得栩栩如生，借眼前物想故乡物，透出深深的思乡之情。

小令上阕写室内细焚沉香，以消除夏日空气中的潮湿闷热，继而写到屋檐下鸟雀呼晴。诗人通过声音将视角从室内不着痕迹地转到了室外，词境活泼清新，视角变换极具层次。

紧接着，作者从室外走向庭院深处，太阳虽初生，但光热却不少，只见荷叶上昨夜残留的雨珠已然被全部晒干。水面上的荷花有水的滋润，有昨夜细雨的浇灌，更显得莹润、清亮、可爱。

上阕写景一片自然清新，而最后一句是此中妙笔——那圆润的荷叶迎着微微的晨风，一团团地舞动起来，宛若正在和风嬉戏的调皮少年。多么富有生趣。

周邦彦词中也有其他写荷花佳句，如："翠葆参差竹径成，新荷跳雨泪珠倾。"写夏日雨水突然而至又忽然还晴后的景象，将雨滴打在荷叶上的景象写成荷叶跳雨，如蹦着的玉珠，有清新别致之感。

小令下阕由景生情，看着如此景象，不禁让诗人想到遥远的家乡，故乡遥远，自己何时才能回去呢？诗人的思乡之情油然而生，感慨不已，然后像讲故事一样说起家乡：我的家乡在那吴越一带，而我远离家乡长年在长安客居。

一个"旅"字，写出了作者漂泊在外而心念家乡的情感——长安再好，也只是作者旅居的异乡。

紧接着写故乡的人和景：每到五月，我的小伙伴泛舟碧波上时，是否能想起我？一句反问说不尽对小伙伴的思念。梦中划小舟进入莲花塘，仿佛又回到了从前。以梦境结尾，似真似幻，虚虚实实，只觉一片轻柔，让人沉浸在一片淡淡的忧伤中。

　　这首词以风雅清新而胜绝，以恬淡自然而深远，以清丽含蓄而精巧，周邦彦不愧为"词家之冠"。

# 朱敦儒　千里水天一色，看孤鸿明灭

### 好事近·摇首出红尘

[宋]朱敦儒

摇首出红尘，醒醉更无时节。活计绿蓑青笠，惯披霜冲雪。

晚来风定钓丝闲，上下是新月。千里水天一色，看孤鸿明灭。

朱敦儒早年以清高自许，两次举荐为学官而不出任。他遍访山川名胜，志在游玩怡情之中。其轻狂孤傲之态在其早年的诗歌中体现得淋漓尽致："我是清都山水郎，天教懒慢与疏狂。玉楼金阙慵归去，且插梅花醉洛阳。"好一个清高烂漫的少年郎。

朱敦儒本是不慕名利如梅花孤高之人，但在家人朋友的极力劝说下，朱敦儒还是开始了其为官生涯。在这期间，他尝遍官场冷暖，见证了朝廷主和派的软弱无能，但仍然始终如一，不改本色。

他用慷慨激昂之词坚定地表明自己的立场，抒发对社会现实的真实感受。他在这一时期所作的词具有十分重要的现实意义。

到了晚年，周敦儒过着闲适生活，后因其爱子被奸臣秦桧拉拢，他也只能委身在秦桧门下为官，因此受尽嘲笑，以至于朱敦儒晚年异常愁闷，其诗词所表达的也多为挣扎和压抑之情，读来有消极之感。

这首小词是《好事近·渔父词》六首中的一首，是作者在受奸臣排斥而辞官归隐山林后所作。渔父多指徜徉山水、无拘无束的隐士形象，用以表达悠闲垂钓的恬淡之情。

昂着头迈出那喧嚣红尘，想醉就醉，想醒就醒，写出作者自由自在，无拘无束，潇洒疏放的襟怀。渔父身穿青蓑、戴斗笠，不管霜落了一身也好，在雪中独行也罢，即使生活再清贫也甘心情愿。

上阕塑造的渔父形象，也隐隐有作者的影子，朱敦儒晚年离开官场后，长期居于嘉禾，过着平静的退隐生活。

下阕有别于上阕的明朗潇洒，渐渐趋于平和，就像刚出入山林田野觅到自由，闻到欢畅的人，在一开始心情总是亢奋的。但是，长期在这里生活后，才感到内心的平静，开始真正地享受这静谧的环境。

夜幕星河下，清风徐来，水波不兴，垂钓在水边。天上挂着新月，水中映照着月影，两月遥遥相对；月光洒大地，水天一色，万籁俱寂，只有孤鸿时隐时现，仿佛是一幅幽美淡墨涂就的山水画。

这首词构图精细，情景交融，动的是明灭的孤鸿，静的是这水天月色，动静结合，艺术手法独到，富有神采。

《好事近·渔父词》这一组词，将周敦儒后期清雅俊朗的词风全然托出，当得上"词俊"之名。

# 杨万里　接天莲叶无穷碧，映日荷花别样红

## 晓出净慈寺送林子方

[宋]杨万里

毕竟西湖六月中，风光不与四时同。

接天莲叶无穷碧，映日荷花别样红。

杨万里，字廷秀，号诚斋。南宋杰出爱国诗人，与陆游、尤袤、范成大并称"南宋四大家"。

杨万里才思横溢，学识渊博，这与他的成长经历和家庭教育密不可分。杨万里少时家贫，其父杨芾虽生活拮据，却总是设法省下钱购买书籍。在父亲勤奋好学的影响下，杨万里自幼勤奋苦读，曾从师于高守道、王庭珪等人。

然而，他虽拜名师，却并不盲学师风，故步自封。他曾说："笔下何知有前辈。"正是秉持着这种创新精神，杨万里突破所学，自成一家，形成了淳朴自然、风趣幽默、有思想又有艺术性的诗风。

他一生的诗作高达两万余首，且多为景物诗，观察细致，充

满了活力，意趣无限，又长于民歌俚语，浅白而清新。除大量写景诗外，他也有很多反映民间疾苦、抒发爱国之情的诗作。

杨万里善于写生，能快速地捕捉兔起鹘落、鸢飞鱼跃等稍纵即逝的意象。其诗作被后人誉为"诚斋体"，特点即为：用幽默浅近的语言记录瞬间的景物。

《晓初净慈寺送林子方》这首诗把柔美高洁的荷花写得异常壮丽，大气非凡。与其他的送行诗略有不同，此诗无一字说离情，只借对西湖美景的赞美，表达对友人的眷恋不舍之情。

诗人开篇即说六月的西湖风光与其他时节不尽相同，"毕竟"两字看似突兀，实则是对西湖六月美好独特风光的极致赞美。那么，既然六月的西湖与四时不同，究竟不同在哪里呢？

诗人紧接着详细叙说六月西湖的壮阔之美，青翠碧绿的荷叶层层叠叠、密密麻麻，伸展到湖水尽头，与清澈的蓝天相连，顿时让人感受到浓烈的清爽、辽阔之美。

亲爱的朋友啊，西湖六月正是好风光，如此碧荷红花，蓝天白云，你又怎么舍得离开呢？景写得越壮丽，越显示出诗人对朋友的不舍。

杨万里《小池》一诗中也曾写荷花："小荷才露尖尖角，早有蜻蜓立上头。"活泼动感的词语将小昆虫和植物间的和谐美好定格，且快速抓住了景物的动态瞬间。将世人眼中柔美、遗世独立的荷花，写得温馨而活泼。

# 辛弃疾　城中桃李愁风雨，春在溪头荠菜花

## 鹧鸪天·陌上柔桑破嫩芽

### [宋]辛弃疾

陌上柔桑破嫩芽，东邻蚕种已生些。平冈细草鸣黄犊，斜日寒林点暮鸦。

山远近，路横斜，青旗沽酒有人家。城中桃李愁风雨，春在溪头荠菜花。

辛弃疾，原字坦夫，后改字幼安，号稼轩。南宋豪放派词人，爱国将领，有"词中之龙"之称。与同为豪放派的苏轼合称"苏辛"，与婉约派词人李清照并称"济南二安"。

辛弃疾出生之时北方就已沦陷，南宋于江南建立政权，金人也建立国都，呈现分隔状态。是以辛弃疾在金国出生，他的祖父辛赞为保全家族，只得委身在金国任职，而辛赞却一直希望有一天自己有机会拿起武器和金人奋力一战。

辛弃疾从小就看到在金人统治下汉人受尽屈辱的情景，也尝尽了被人奴役的悲愤和心酸。于是，辛弃疾在青少年时代就

立下了驱除金人、恢复中原的志向。

由于不堪金人对北宋遗民的严苛压榨，很多地方的民众聚义反抗。当时，二十一岁的辛弃疾也振臂高呼，举起义旗。甚至只带领五十名勇士便直冲金军数万人大营，并于万人阵中生擒了叛徒张安国。

他不仅是伟大的爱国词人，更是一位英勇无畏的将领，文武皆出众，一生不曾将手中的笔和剑放下。他一生写下了很多首爱国之词抒发自己对国家统一的殷切盼望，也倾诉了心有壮志无法实现的悲愤，以及对当政者屈辱求和、懦弱无能的深深谴责。

他的词风格豪迈，但豪情里却不乏柔情。一首《鹧鸪天·陌上柔桑破嫩芽》写尽了乡村的恬淡风光，体现出作者细腻、淡然的一面。

"鹧鸪天"是词牌名，又名"思佳客""半死桐""思越人""醉梅花"。《鹧鸪天·陌上柔桑破嫩芽》又称《鹧鸪天·代人赋》，前者以内容命名，后者以当时写作背景命名，代人赋表明是作者应不善作词的友人之求的代作。

春天小路旁，柔弱的桑树长出嫩绿的新芽，乡村风景恬淡娴静，仿佛一幅优美画卷。

平坦的山岗上长满了星星点点的细草，小黄牛在欢快地叫着，悠然地嚼着草。夕阳带着几束余光照射在这冬春交接时的新绿林间，几只傍晚回巢的乌鸦在寒树上静静栖息，偶尔发出叫声，在夜色中更显寂静。

青山远远近近隐现，小路纵横交叉，青布做的酒幌飘舞，有卖酒的小店矗立在小路间，仿佛在招呼过往的行人，引他们来酌酒言欢。

这不禁让人想起杜牧的名句"借问酒家何处有，牧童遥指杏花村"。此句以牧童之口说出酒家在杏花村，随即戛然而止，让人浮想联翩。而辛弃疾这首词的酒家是乡村独特的景象，小路边的酒舍并不招摇，却又富有生活气息。

最后一句，将城市景观和乡村春景做对比，城中的桃花李花绚烂多姿，但一经风雨吹打，只余残花。而乡村溪边长满的野生荠菜在风中飘摇，绿叶白花充满了原始的生命力。词句中透露出作者对农村淳朴生活的热爱。相比官场生涯的烦嚣纷扰，乡村生活的自然和睦令人心情舒畅，人与人之间充满人情味的单纯往来。

词中提到的新生的桑叶嫩芽，邻居家刚孵出的稚蚕，初生的细草，怡然吃草的牛犊，斜日映照的树木，归巢的乌鸦，村中的小路，温馨的酒舍，溪边恣意开放的荠菜花，每种景象都是那么平常，却在诗人的妙笔之下，却是一幅美好生活的画卷，让人心生向往。

# 辛弃疾　红莲相倚浑如醉，白鸟无言定自愁

### 鹧鸪天·鹅湖归病起作

#### [宋]辛弃疾

　　枕簟溪堂冷欲秋。断云依水晚来收。红莲相倚浑如醉，白鸟无言定自愁。

　　书咄咄，且休休。一丘一壑也风流。不知筋力衰多少，但觉新来懒上楼。

　　辛弃疾现存词作六百多首，是两宋存词最多的作家，且自成一派创"辛词"。辛弃疾将词带入了新的境界，也扩大了词作的题材，达到无事不可入词、无意象不可写词的地步。

　　他还创新性地融汇了诗歌、散文、辞赋等各种文学形式的优点，丰富了词的表现手法，因此，他的词有诗的节奏，有散文的开放不拘束，有辞赋的用典比兴。

　　吴衡照在《莲子居词话》中感叹辛弃疾之文才时说："辛稼轩别开天地，横绝古今，论、孟、诗小序、左氏春秋、南华、离骚、史、汉、世说、选学、李、杜诗，拉杂运用，弥见其笔

力之峭。"辛弃疾，知识渊博，精通古今各类文学，更难得的是他灵活运用典故、议论、名家名言及各类见解，使语言更添深意，可见其艺术手法之高超。

《鹧鸪天·鹅湖归病起作》是作者罢官闲居期间的作品，由题目可知辛弃疾游览鹅湖归来后大病一场，病愈后他登楼观江村夜景，忽生感慨，挥笔写就这首词。

词的上阕写景，为抒情造境。独身躺在临溪堂舍的竹席上，大病初愈，转眼天也好像变冷了，竹席清凉，这时候枕着好似秋的凄清，只觉内心也跟着清冷起来。

这不禁令人想起李清照《一剪梅·红藕香残玉簟》一词的起句"红藕香残玉簟秋"，"红藕香残"写户外景，"玉簟秋"写室内物，点染出清秋季节的残香凉意和忧愁。两词都写秋的悲凉，一个用香残的红藕玉石写凉，一个用池塘阁楼的凉席透凉。虽然所诉情感不同，但各富美感。

片片的浮云被断开，一块一块顺着流水游走，写浮云与流水方向一致地漂游，暮色降临，白云渐渐收拢，一片一片消失殆尽。因疾病折磨消瘦了不少的词人孤身在溪边的小舍里休憩，站在窗前，看流水浮云被夜色抹去。流水浮云都是易逝伤怀景象，又添夜色，更加伤感。

溪塘里，红莲开得正浓，朵朵相依宛若姑娘喝醉了酒，堤岸上的白鹭久久地静静地站立，望着池塘，不知它内心有多少忧愁。在辛弃疾笔下，花鸟皆有愁情，莲花红艳，像饮酒消愁而脸红喝醉的姑娘。水鸟白头，愁绪让鸟儿生了白发。词人将自己的苦闷忧愁覆在景上，为下阕抒情营造氛围。

下阕抒情，"书咄咄"一句用《世说新语·黜免》殷浩之事，殷浩发泄怨气时愤懑地朝天空书写"咄咄怪事"。词人向往隐居的自在生活，哪怕一座山丘，一条谷壑，也是简简单单自由自在的一方诗意天地。

作者一转上阕的悲情，自我纾解，不愿像殷浩一般无奈悲愤，愿隐居山林明朗度过一生。虽然表达了内心的旷达，而实际上还是饱含不甘，因为殷浩也是无奈下被迫归隐的。

而辛弃疾与他的境况相似，在朝堂上受权臣排斥，故土收复无望，他悲痛不堪忍受，人生异常艰难。词人将情绪都写进最后一句，多少愁思悲苦、愤慨激昂，都只能化作一句感叹——时光不待人。

已渐渐苍老的词人如今不知衰损了多少的精气神，只觉得近来上楼时懒懒的，都不想攀登楼梯了。

诗人一时间百感交集，回想自己过去勇闯万人阵之英姿，现在身体却逐渐年迈，内心愈发悲凉，只觉壮志难筹酬：我愿意拖着病体为国效劳，而祖国却不需要我。

英雄失落的悲苦，时光流逝的感叹，身体疲惫的无力之感……种种情绪交织在一起，只余一声叹息。

# 叶绍翁　春色满园关不住，一枝红杏出墙来

## 游园不值

[宋]叶绍翁

应怜屐齿印苍苔，小扣柴扉久不开。

春色满园关不住，一枝红杏出墙来。

叶绍翁，字嗣宗，号靖逸，龙泉人，南宋诗人。叶绍翁著有《四朝闻见录》，这是一部史料笔记，分为甲、乙、丙、丁、戊五集，记载了南宋高宗、孝宗、光宗、宁宗四朝之事，多为叶绍翁亲身经历或耳闻，具有较高的史料研究价值。

这本笔记有别于正史的严谨沉闷，形式活泼生动，内容极其广泛，涉猎的范围广阔，并且大都是作者亲见或求证过的史实或传说，与正史相辅相成，补正史之缺失，多年来颇受读者欢迎。后被收入到清朝官方著作《四库全书》，可见其价值——要知道《四库全书》只收录应抄之书，要求极高。

此诗写江南春光，写景即是叙事。适逢云淡风轻、一片风光明媚绚丽多姿的时节，诗人穿着木屐，迈着轻快的脚步，心

情欢愉，木履的嗒嗒声仿佛要跃出诗篇。

诗人来到一座花园的木门前，想观赏园里多姿多彩的花木。因为不愿破坏春日的安静，他轻轻地敲门。敲了几下虽没有回响，却不忍心就此错过园内的美景，遂继续敲门，过了很久还是没人应声。

诗人低头失落猜想，大概园内的主人也是爱春、惜春之人，怕园里娇嫩翠绿的青苔被人践踏，所以闭门谢客。

诗人在花园外面徘徊许久，很是失落。可就在他无可奈何、正准备离去时，抬头忽见一枝盛开的红艳杏花从墙内探出头来，泄露了满园热闹盎然的春色。能赏到这别具一格、绚丽多姿的春光，总算是为此行画上了惊喜的句号。

本诗言语简单，犹如白话般自然，然而细细品味，其韵味、故事性和景色的独特性均为上乘。春光岂是人为或者小小院落能关住的？

陆游《马上作》云："平明小陌雨初收，淡日穿云翠霭浮。杨柳不遮春色断，一枝红杏出墙头。"翠绿的柳色和娇艳鲜红的杏花，一个风姿绰约，一个柔美艳绝，可谓对比鲜明。

此诗最后一句与《游园不值》的最后诗句相似，叶绍翁此诗应是在拜读前人诗作时找到的灵感，又因正好看到此景，诗句顺畅流泻而出，成为不逊于陆游《马上作》的佳作。

# 元好问　枝间新绿一重重，小蕾深藏数点红

### 儿辈赋未开海棠二首·其二

[金]元好问

枝间新绿一重重，小蕾深藏数点红。

爱惜芳心莫轻吐，且教桃李闹春风。

问世间情为何物？直教人生死相许。而让作者写出这份生死相依、不离不弃的痴烈情感的机缘并不是一段荡气回肠、感人肺腑的男女爱情故事，而是由两只大雁的故事触发的。

那时元好问才16岁，名声还未远扬。他在参加科举考试的途中路过汾河岸边，听一位张网捕雁的当地的农夫说，他早上捕捉到两只大雁。他杀掉其中的一只后，另一只大雁撞破罗网逃脱而去。没想到的是，逃走的那只大雁并没有自己飞走，而是在空中盘旋哀鸣，那哀叫声简直震彻天地。

这只活着的大雁久久不愿离去，到最后，它停止了悲鸣。农夫原以为它要飞走离开了，却没想到大雁飞下来一头撞死在地上——恰好就在死去的伴侣身边。

元好问听后唏嘘不已，不但向农夫买下两只为情而死的大雁，还将两只大雁埋在了汾河岸边。

为了祭奠这动人心魄的爱情，也为了纪念这震撼千古的爱恋，元好问动情写下《雁丘词》："问世间，情为何物，直教生死相许？渺万里层云，千山暮雪，只影向谁去？千秋万古，为留待骚人，狂歌痛饮，来访雁丘处。"

元好问，字裕之，号遗山，世称遗山先生。金末至蒙古汗国时期的著名文学家、历史学家。元好问自幼聪慧，有"神童"之誉。七岁成诗，十四岁就通读经史，广博诸子百家。十六岁开始参加科举，虽然未一举登科，但文章已有大成。

元好问生活在宋金南北对峙时期，南方的宋朝虽积弱，但文人墨客骨气文才并举，名家屡见不鲜，层出不穷。而北方金朝也出了元好问这样的诗、文、词、曲冠绝的代表性人物，他的文才可与两宋名家媲美。后世人尊称其为"北方文雄""一代文宗"。

元好问撰写了一本《杜诗学》，这本书的内容包括唐代诗人杜甫的传志、年谱和历来评论杜甫的言论。而元好问的诗作，以"丧乱诗"最为著名，丧乱之意，离乱之情都是在金朝灭亡前后写出的，比之杜甫的沉郁现实风格，他的诗表现得绝望、强烈。

"白骨纵横似乱麻，几年桑梓变龙沙。只知河朔生灵尽，破屋疏烟却数家。"字字血泪，满怀山河破碎后的悲愤之情。

有什么比国家灭亡了更悲惨的事呢，个人生活的琐碎与不顺皆已无须提及，"野蔓有情萦战骨，残阳何意照空城。从谁细向苍苍问，争遣蚩尤作五兵。"哭又有何用？只剩下埋骨的空城，问苍天又有何解？

元好问的写景诗也有着强烈的个人色彩，豪壮中不失清雅，雄浑中又有神思。

从诗题可知，诗人当时已入暮年，同儿辈亲人在小园里共赏这未开的海棠，有感而发，由画景而触诗情。咏花亦是咏人，托物言志，借物喻人，此时诗人已经历宦海浮沉之疲惫，又历金朝覆灭之心灰，不知看着这花儿又是怎样的心境？

小园里桃李芬芳，一片繁荣娇艳景象，海棠安静伫立在这小院里，枝条细柔雅致清新，在这嫩枝里又生出一层层繁茂新绿的叶子。而细细观赏，原来并非一片碧绿，那小小的娇弱的鲜红蓓蕾原来正在和世人捉着迷藏，把自己深藏在那绿叶中，可谓"万绿丛中一点红"。

这份美由人的细致观察而来，于是更添欣喜。

陆游直白称赞海棠花"蜀地名花擅古今，一枝气可压千村，若便海棠根可移，扬州芍药应羞死"；其花姿压倒群芳，有花中尊者风范。而元好问的诗句中，则描写出了海棠的淡雅素净、羞涩如少女的感觉。

写完景致，诗人抒发感情，解出花儿的心语：海棠把花蕾深藏，只因它爱惜自己的高洁芳心，珍惜自己的雅致风光，不肯轻易向人吐露，不是不愿为别人所知，而是就算人知也可能不会珍惜。只有自我珍惜，才能留住这高洁的品性。

这何尝不是诗人坚守高洁的情操，独善其身的自我映照？

不愿与那桃花李蕊斗艳，且让它们在春风里闹动，各自妖娆吧。至此，诗中意境高远之处尽显：一写海棠花不愿与其他花儿争抢风采，只等它们零落成泥，它再花开枝头。而诗人也是这样，不愤世嫉俗，反而与世无争，只要自己粲然绽放就好。

海棠的淡雅深沉，好似诗人的心路历程——看开了尘世又放不下惆怅，只记得海棠花开时，景色正浓。

# 马致远　枯藤老树昏鸦，小桥流水人家

天净沙·秋思

[元]马致远

枯藤老树昏鸦，小桥流水人家，古道西风瘦马。

夕阳西下，断肠人在天涯。

马致远，元代杂剧家、散曲家。号东篱，所作杂剧有十五种，现存七种。作品并不着眼于现实市井，而多写神仙道化，故有"马神仙"之称。与关汉卿、白朴、郑光祖并称"元曲四大家"。

非淡泊无以明志，非宁静无以致远。马致远却跟他的名字寓意不同，其早年追求功名，以求报效国家，但官路坎坷，空有政治抱负，不被赏识。在看透人世沧桑，体会到炎凉世态后，归隐山林，过着淡泊宁静的生活。

马致远作品形式多样，艺术高超有张力，有引人共鸣的杂剧，俊雅清丽的散曲和浑然天成的小令。而小令中传世的经典作品《天净沙·秋思》，为其赢得"秋思之祖"的高度赞誉。

王夫之《姜斋诗话》曰："情景名为二，而实不可离。神于诗者，妙合无垠。"自古情与景相依，景中含情，情由景抒发。马致远这首小令，前三句写景："枯藤老树昏鸦"，一字一词，尽是满目苍凉、凄婉萧条之感，看似只是简单的景物堆砌，实则每一处景色都极具秋日萧瑟荒凉的特色。

枯萎泛黄的枝藤，缠绕在历尽风雨的干瘪老树上，乌鸦在老树上栖息，嘎嘎地叫着，悲凉的声音附和着干冽的秋风，老树上的枯枝黄叶几近凋零。小桥下的潺潺流水也沾染上秋的肃杀，默默地流去。

古道边芳草萋萋，西风卷来，漂泊的人和一匹消瘦的马怏怏地前行。全诗没有一个秋字，但九种景物铺满了悲凉，晚秋的凄婉萧条尽在每一个抹上灰暗色彩的景物里。取景虽小，但意境无限。

这幅绝妙的秋景断肠图，以秋之萧瑟与作者内心的愁情相映衬，以悲景写悲情，更加觉得苦彻心扉地悲凉。

再来说情，前有九个意象入曲，悲凉之意入骨。小令最后一句，"断肠人在天涯"，直白地表达了自己内心无法自抑的愁苦情绪：我就是那个在天涯漂泊的断肠人啊！

飘零天涯的游子在秋天思念远方的故乡，倦于漂泊的凄苦有谁知？当路过温馨的农家时心生的羡慕有谁能懂？"小桥流水人家"一句读来感觉亲切而温馨，可仔细想来，异乡的幽美、恬静却更增添了"断肠人"的愁绪，显示了这厢烟火人家的和乐，那厢漂泊在外的孤苦无依。

古诗中也常写秋，滋味别有不同，如刘禹锡的秋词中"晴空一鹤排云上，便引诗情到碧霄"，区别于传统伤春悲秋的写法，旷达中透出豁达乐观的心态。与马致远相比，一个悲秋到极致，一个壮美而昂扬。

每个人都有秋思。也许，悲观的时候，我们也像马致远一样感到孤独寂寥。但是，极致的秋思正是人心的映照。你心情欢快，诗情直通碧霄自然爽朗。你心情低沉，即使风轻云淡天高远，在你眼中也只余秋风席卷黄叶的萧凉。

# 李叔同　长亭外，古道边，芳草碧连天

## 送　别

[民国]李叔同

长亭外，古道边，芳草碧连天

晚风拂柳笛声残，夕阳山外山。

天之涯，地之角，知交半零落。

一壶浊酒尽余欢，今宵别梦寒。

长亭外，古道边，芳草碧连天

问君此去几时还，来时莫徘徊。

天之涯，地之角，知交半零落。

人生难得是欢聚，唯有别离多。

李叔同，学名广侯，字息霜，别号漱筒。一人身具音乐、美术、书法、戏剧、金石篆刻等数项才华，且在这几项艺术上均有所成，极具才名，对中国近现代文艺的推进有极大的贡献。世人皆称其为通才、奇才。后半生看尽世事，淡然放下一切，遁入空门，被人尊称为弘一法师，著《四分律比丘戎相表记》《南山律在家备览略篇》等，以一己之力弘扬佛法。

李叔同家境殷实，幼年时就受到了佛教的熏染。他的父母都笃信佛教，大娘和长嫂都是忠实的佛教徒，李叔同自出生即与佛家种下了因缘。由于家学渊源，李叔同从小饱读经史诗文，后师从天津名士赵幼梅，学习诗词辞赋八股。拜书印名家唐静岩学篆书及治印，往来的都是津门名士。

李叔同是国内第一个用五线谱作曲的人。他谱写的曲子有西方音乐的优美动人，清新流畅，又传承了中国古典诗词意蕴深远的气质。其词虽典雅但语言简练，朗朗上口，易于传唱。《送别》这首歌曲，为李叔同和朋友挥别后内心触动所作，流传至今，依然是家喻户晓，无人不知。

其歌词婉约清新，情真意切，真挚凄美，渲染了离别之情，语言直白，而意蕴无穷。《送别》的体裁很像宋词的小令，通体读来节奏强烈，只觉淡淡离愁在心头。

《送别》题目点出离情，芳草萋萋与天相连，和老友相会在长亭之外，古朴的道路边。这一条古道不知见证了多少离别，古往今来，最苦是相思，最伤是离别。别离之情溢出诗卷。

晚风吹拂着因离别而招手挥别的垂柳，笛声本悠扬缠绵，却因哽咽而曲不成调，眼看夕阳西下余光映照到遥远的山的那边，不知离别的朋友何时才能相见。一首残曲，诉说着心中的羁绊。

天涯海角永不可及，断肠人又添了一个，虽说"海内存知己，天涯若比邻"，而知心好友却都零落在天涯，这怎能不让人怅惘？

在这离别的夜，生怕连梦境都充满了凄凉寒冷。喝酒吧，忘却一切，人生得意须尽欢，让我们珍惜每一次相聚时光。

人生苦短，诗人由景物渲染升华到对人生的感慨。

后四句，首先叠一句"长亭外，古道边，芳草碧连天。"引发离愁，"问君此去几时还，来时莫徘徊"。亲爱的朋友啊，此次离去，什么时候才能回来呢？来的时候请你千万不要徘徊，我一直在这里等待着又一次的重逢。

人生的欢聚总是短暂的，而离别总是那么多。我们总是经历离别，和昨天告别，和亲人别离，和生命的流逝、时间的匆匆挥手。别离之情层层递进——先写景织造情境，后抒发饱满有力的感情。

人生路，话离别。长亭外，古道边，歌声犹在，知交已零落于地角天涯。

# 崔道融　朔风如解意，容易莫摧残

## 梅　花

[唐]崔道融

数萼初含雪，孤标画本难。

香中别有韵，清极不知寒。

横笛和愁听，斜枝依病看。

朔风如解意，容易莫摧残。

有着沉鱼落雁之姿的西施却被人认为是祸国殃民的红颜祸水。亦有诗人为西施正名，如唐代诗人崔道融的作品《西施滩》："宰嚭亡吴国，西施陷恶名。浣纱春水急，似有不平声。"

且不论他分析得是否正确，从他否定了"女人祸水"这一传统观念，即可看出他思想格局的阔大。

崔道融，自号东瓯散人。荆州江陵（今湖北江陵）人。

唐诗中写景通常不离抒情，景致中渗透了作者的主观感情，也侧面反射出作者的心境。崔道融《梅花》一诗借北风传意，营造出一种傲然孤洁的情境。

小园里梅花初放，披着外衣，诗人病中到院落里去赏梅花。一朵一朵的梅萼中还含着白雪，那冰冷的雪也无法阻挡梅花绽放——梅花虽然逊雪三分白，但雪却输梅花一段香。

梅花美而不自知，它孤傲而不自赏，想要把它入画，但又担心只画出外表而画不出它的神韵。正如画虎画皮难画骨，画人画面难画心，那么，画梅画花也难画神。

而梅花的香自苦寒中来，在天寒地冻的寂静冬季独自散发着幽幽的暗香，梅香浮动韵味无限，让人沉浸，心神安定。梅的高洁、孤清又是经历了多少苦寒才磨砺而成的呢？正如做人也一样，不经一番寒彻骨，怎得梅花扑鼻香。

听横笛吹起惆怅悲怆之声，看梅花的枝干稀疏恣意横斜着，在夜风中似愁似病。它如此纤细却异常坚韧，可这份坚韧又有谁心疼呢，人们都欣赏梅花素雅芬芳，高洁傲岸，可谁又在乎它经历过的磨难呢？

诗人真心祈祷：北风啊，如果你能够理解梅花的心意，就请不要再让它受这刺骨的寒风，不要再一次摧残它了。它的顽强也需要有人赏惜，有人爱惜。

然而，寒风会解人意吗？一个解字是对梅花的珍惜，花儿还没完全盛开，诗人就担心花落，这份喜爱之情，无法用言语形容。诗人对北风的嘱托就是诗人的爱花、惜花之情。

笛声残，梅花香，孤病人，愿北风带走这丝丝缕缕的忧伤。

# 贺知章　碧玉妆成一树高，万条垂下绿丝绦

## 咏　柳

[唐]贺知章

碧玉妆成一树高，万条垂下绿丝绦。

不知细叶谁裁出，二月春风似剪刀。

李白诗句说"唯有饮者留其名"，而诗人中鼎鼎大名的饮者，李白算得上一个，因烂醉掉入枯井里的贺知章也算得上是"酒中豪杰"。一次，两大酒仙相逢，此时的李白还是一介白衣、穷苦书生，而那年贺知章高中状元后已升至秘书监，他着华丽的官服，为人、作风却亲切而豪放。

两人本没有任何交集，谁知贺知章极为惜才。他放下身份，跑去向李白邀诗来读。当时贺知章读的就是《蜀道难》这一名篇，读完后贺知章大赞李白有仙人之姿。一次，他约李白在酒楼畅饮谈天，可刚坐下就发现钱袋落在了家中。贺知章想了一下，二话不说立刻从腰间取下金龟配饰用来抵酒钱。

一旁向来豪迈不羁的李白都看傻了眼，连忙制止贺知章说

道："这金龟是皇家按品级赐予您的饰品，如此贵重的物品怎能轻易拿来换酒呢？"贺知章听后大笑道"人生得意须尽欢，莫使金樽空对月"，这还是你做的诗呢！

不过，如贺知章这样潇洒快意的人也有柔情落泪的时候。已步入老年的贺知章为朝廷贡献了半辈子，一场大病后，他求归故里。在回乡的路上，满心欢喜的他却有些近乡情怯，喜悦的是终于回到了日思夜想的故乡，担忧的却是时光匆匆流逝，多年之后是否还有人认识他呢？

当儿童扬起天真的笑容问他从哪里来的时候，他老泪纵横，内心百转千回，随即吟出："少小离家老大回，乡音无改鬓毛衰。儿童相见不相识，笑问客从何处来。"这短短的小诗道出了多少人的乡愁。

贺知章为人旷达疏放，写出的诗也清新潇洒，《续书评》里评价贺知章诗"纵笔如飞，奔而不竭"。贺知章的咏物诗也极尽风采，《咏柳》将春柳的勃勃生机带入我们的眼帘。

《咏柳》一诗朗朗上口，孩童往往读至三四遍就能背诵。而当你再读《咏柳》，在每一个早春来临的时候，也许会有更深的体会。

在文学作品中使用比喻句，目的是让句子更加生动形象。而在这首诗中，短短四句中的比喻用法竟然运用得如此丰富多彩。

远处高高的柳树像翠绿晶莹的碧玉装点而成的，写柳树整体散发着葱翠的形象；而这整体之上，千万条犹如丝带一样的柳枝轻轻垂下，柳枝轻柔，线条优美，富有柔情，就像丝绸给人的感觉一样，写出柳树葱翠袅娜的风情。

不知道这精致如剪裁过一般的细叶是哪位能工巧匠精心裁出的呢？一句反问，更显活泼明朗。

原来是春风吹过，把春天带来，同时也像那剪刀一般，把柳树裁剪得异常美丽。春风十里，不只是柳树，而是把整个天地，都轻轻拂过，将人间换了容颜。

宋代梅尧臣写"春风骋巧如剪刀，先裁杨柳后杏桃"，也应是从贺知章的这首诗受到的启发。

自古人们对于春风都情有独钟。袁枚《春风》里写："春风如贵客，一到便繁华。"李白《清平调》中说："云想衣裳花想容，春风拂槛露华浓。"诗中的春风是如此娇媚动人。

转眼春风又来，看河边垂柳，咏一句碧玉丝绦，千百年人世变幻，尽在其中。

# 吴均　鸟向檐上飞，云从窗里出

## 山中杂诗

[南朝]吴均

山际见来烟，竹中窥落日。

鸟向檐上飞，云从窗里出。

《梁书》本传说："均文体清拔有古气，好事者或学之，谓为'吴均体'。"这世上诗人很多，诗句更多，能自成一体的不多，吴均算得上一个。吴均字叔庠，南朝梁文学家、史学家，吴兴故鄣（今浙江安吉）人。他出身贫寒，但好读诗书，有俊才。

吴均长于写文，他的文章清拔，善于写景。他的诗亦有清新之风，多为反映社会现实的作品。而他的文章中最为著名的是《与朱元思书》，这篇小品山水文，文笔简洁而传神，堪为骈文经典之作。

魏晋南北朝时政治黑暗，而在如此大背景之下的吴均也因动乱不堪，满心疲惫，把心思放到了山水风光之中。"风烟俱净，天山共色。从流飘荡，任意东西。自富阳至桐庐，一百许里，奇山异水，天下独绝。"文笔清新自然，心里的忧愁也随烟雾都消散尽净了。

而吴均的才能还有更多体现。他的志怪小说《续齐谐记》，故事生动曲折离奇，人物个个性格鲜明，非常有特色和可读性，被鲁迅誉为"卓然可观"。

吴均的学习创新能力也很强，他拟作了不少乐府古诗，如《行路难》五首、《胡无人行》。华丽的措辞中带有清新的俊挺气息，别有一番新的意象。

当然，吴均后来虽然入朝为官，但整个社会黑暗的大背景下，又怎么会有真正的喜乐安定呢？他有远大的志向，却无人赏识，也没有被重用。所以，他的一些作品中总有着一丝空有壮志雄心却怀才不遇的悲哀，如《赠王桂阳》："松生数寸时，遂为草所没。未见笼云心，谁知负霜骨。"松树初长时被草埋没，而松树的志向又有谁欣赏呢？

《山中杂诗》是吴均最为擅长的写景闲适诗。此诗文字简练通俗，语言清新优美，描绘的意境很深远。

山和天相连的地方云烟缭绕，那烟飘飞向上，云慢慢游荡。青翠的竹林浓郁茂密，在那枝叶的缝隙里有夕阳的余晖洒下。一个"窥"字，生动地写出夕阳西下的场景。

而这时竹林里的鸟儿来到院落里觅食，忽然扇了扇翅膀欢快地向屋檐飞去。那场景多么富有生命活力。山上的小屋坐落在地势极高的地方，那白云悠悠竟然从窗户里轻轻地飘出来了。莫非白云深处的人家，就是这里？

天上白云飘飘，山上尘烟袅袅，林中竹叶摇摇，院中鸟儿喳喳，屋内人儿欢笑。幽居在山中，和云彩做伴，和风儿相依，多么的惬意。山居之乐，乐在恬淡。山居之景，美在清净。

第三辑

# 玉宇琼楼天上下，方壶园峤水中央

　　青砖黑瓦间，是光阴的深深痕迹，古朴亭台里，是岁月的深幽和宁远。

　　"金窗夹绣户，珠箔悬银钩"何其华美；"羌笛何须怨杨柳，春风不度玉门关"何其悲壮；"烟霞迤逦接蓬莱，宫殿参差晓日开"有仙境如飞；"独立小桥风满袖，平林新月人归后"有小桥倚守；"东冈更葺茅斋，好都把轩窗临水开"有隐居人家。

　　玉宇琼楼唯恐惊动天上人，不如登高仰望星辰。

# 王勃　滕王高阁临江渚，佩玉鸣鸾罢歌舞

滕王阁诗

［唐］王勃

滕王高阁临江渚，佩玉鸣鸾罢歌舞。

画栋朝飞南浦云，珠帘暮卷西山雨。

闲云潭影日悠悠，物换星移几度秋。

阁中帝子今何在？槛外长江空自流。

诗人中自小便能作诗的神童不在少数，而出身名门、少时就崭露才华的唐代诗人王勃要算其中的佼佼者。

人生坎坷，仕途波折的诗人也不少，而王勃也算其中一个，这文才有时候会换来一片光明的前途，有时候又会招惹上祸害，18岁的王勃正值青春年华，意气风发，一篇《檄英王鸡》洋洋洒洒，有着年轻人的挥洒不羁，语境自在，风采熠熠，但传到皇帝耳中就是玩物丧志，胆大妄为。

而数年后一篇《滕王阁序》名动京城。曾贬斥过王勃的唐高宗也读到了这篇序文，当读到"落霞与孤鹜齐飞，秋水共长

天一色"一句时，不禁拍案叫绝，读完序文犹不过瘾，又读序诗。读完全文，高宗顿时赞叹不已，称王勃果真是罕世之才！高宗悔当时训斥王勃之言，随即要宣王勃入朝赋予重任。而此时的王勃却已然英年早逝，只留下这不朽的名篇。

王勃与杨炯、卢照邻、骆宾王并称为"王杨卢骆"，又为"初唐四杰"。王勃的诗歌注重精神风尚，既明朗壮丽又不失气势激昂。而在经历世事变幻后，他的诗又添了一份深沉悲凉，更有风韵。

王勃的辞赋，凝练骈文的繁复华丽，一扫晦涩，加入了清新之风，读来流畅如水。而在文中，王勃又加入了自己的主观感受，使骈文有了全新的风貌。《滕王阁序》最可见王勃之华彩感观。

而滕王阁诗还有一个"一字千金"的典故。据传，王勃当堂即兴写《滕王阁序》后写序诗。当写到"槛外长江空自流"一句时，王勃少写了一字，却把序文呈上起身告辞。此时，宴会主人刚要称赞王勃作品超绝时，却发现序诗的一句空了一个字，觉得异常奇怪，围观的文人学士们纷纷说着自己的看法，有人振振有词说一定是"水"字，还有人说应该是"独"字……

但王勃并没有回来补上那个字，而是让随从说，这一字值千金。众人气愤不已，以为王勃此意是要千金之财。后来才知道，此处的空白原来是一个"空"字——真是千金难买的绝妙留白。

诗人于第一句写滕王阁所处位置，开篇平和朴实，滕王阁巍峨壮丽，这简单的描摹，不禁让人想起当时滕王在这高阁上宴请宾客，那宾客盈门，车水马龙，个个鸾铃马车，处处华贵的琳琅玉佩随步摇动作响的景象。如今玉鸣戛然，再也没有歌舞喧哗声，徒留空荡的滕王阁在此地见证时光的变幻。

滕王阁朝夕景象各有不同，清晨，画栋之上飞腾着南浦的白云。日暮时分，珠帘将西山的雨卷起。写出滕王阁的寂寥，又极富神思妙想。

繁华过后才显得更加萧条，窗外云彩的影子倒映在水中，流动着、漂浮着。斗转星移，人事变迁，几度春秋几时风雨。徒叹时光流逝，好景不长。

昔日游赏玩乐于高阁中的滕王如今已无踪影，而只有那长江水自顾流淌。

众星拱月的滕王阁，当时景致虽热闹，但现今的影象更古朴典雅，也如王勃自己所写的——"落霞与孤鹜齐飞，秋水共长天一色"，这种引人遐思的美，才成就了滕王阁最独特的魅力。

# 王之涣　羌笛何须怨杨柳，春风不度玉门关

## 凉州词

[唐]王之涣

黄河远上白云间，一片孤城万仞山。

羌笛何须怨杨柳，春风不度玉门关。

王之涣，盛唐时期的著名诗人，字季凌。他与岑参、高适、王昌龄并称唐代"四大边塞诗人"。王之涣善五言诗，以描写边塞风光为胜，诗词易于传唱，且造境深远，气势磅礴，是一位伟大的浪漫主义诗人。但让人叹惋的是，他生前创作的诗篇当世仅存六首。

王之涣性格豪放潇洒，常谈笑饮酒、歌唱作诗，或舞剑以悲歌，其诗富有节奏，常被当时的乐工制成乐曲歌唱，以传世流芳。王之涣与高适、王昌龄齐名，三人皆为高才，且生活经历相似，兴趣也相投，经常相聚在一起互相唱和。

这里还有个趣闻乐事，被记载于唐代文人薛用弱的《集异记》中，这个著名的典故叫"旗亭画壁"。

　　一日风雪飘摇，三位诗人相约酒楼小酌。正逢梨园弟子登楼歌唱。乐曲奏起，演奏的都是当时极负盛名的曲子。王昌龄、王之涣、高适都有文人的傲气，想一比高下，遂约定，歌女弹唱的曲子中，谁的诗作多谁就胜出。三位诗人都面露微笑，自信满满。

　　结果，过了一会儿王之涣便异常尴尬起来，原来歌女一首接一首地吟唱，王昌龄和高适的诗都出现了数次，王之涣的诗词却一首也没出现。这时王之涣开始有些不服气，就对王、高二位说："之前几个唱曲的姑娘都是初出茅庐的小丫头，能有什么品位。咱们且看这里最出色的姑娘唱的是谁的诗。如果还不是我的诗，我自然认输，这辈子不和你们争高下了。如果唱的是我的诗，你们就拜我为师吧。"

　　三人心弦紧紧绷着，只见最出色的那个歌女弹着琵琶，开口唱道："黄河远上白云间，一片孤城万仞山。羌笛何须怨杨柳，春风不度玉门关。"王之涣异常得意，三人相顾开怀大笑。

　　王之涣用仅存的六首绝句征服了后世之人，一首《凉州词》传唱千年。《凉州词》又称《凉州曲》，是凉州歌的唱词，不是诗题，是盛唐时从西域传往中原的曲调名，后来许多诗人都喜欢这个曲调，纷纷为它填写新词。王之涣所作《凉州词》即为其中之一。

　　首句，诗人站在黄河岸边，极目远眺，只见波涛汹涌浪的黄河狂奔不知倦，竟摇曳飞上云端。白云浓雾缭绕，黄河如千军万马，两者相连，气象开阔飞跃，豪壮万千。

次句"一片孤城万仞山"，一座孤城寂静地伫立在那高山绵延的青寒里，与人隔断，地势险要，一座漠北孤城落入众人眼前。

第三句承接上句，写孤城里有羌笛悲怆地响起，也从侧面反映这苍廖冷寂的孤城中有征人在戍边。羌笛吹起那哀怨的杨柳曲勾起离愁，又何必去埋怨这杨柳曲中的无限春光呢？

第四句写这春光迟迟不来是因为玉门关一带是春风吹不到的啊！春风为什么会吹不到，诗人在前面就有伏笔，万仞高山环绕，春风又怎么会吹到这里呢？

此诗前两句极力描摹壮阔的北国风光，后两句写戍边人思念故乡却不敢埋怨，全诗看不到一个悲字，却叫人感叹人生荒凉。

王翰也作有《凉州词》："葡萄美酒夜光杯，欲饮琵琶马上催。醉卧沙场君莫笑，古来征战几人回？"虽也写边塞风情，却用舒畅饮酒的场景渲染沙场激昂气氛，别有一番风情。

祖国山水多奇峻，春风吹不到的地方又何止玉门关？只要心中有情、有春，处处皆有壮美春色。

# 李白　金窗夹绣户，珠箔悬银钩

## 登锦城散花楼

[唐]李白

日照锦城头，朝光散花楼。

金窗夹绣户，珠箔悬银钩。

飞梯绿云中，极目散我忧。

暮雨向三峡，春江绕双流。

今来一登望，如上九天游。

江山图画，多少楼台烟雨已经消失在历史的尘烟中，多少美丽建筑被纷飞的战火销毁。千年一转而逝，梦回古代，梦中亭台楼阁多繁华，有仙人登仙留下的空荡荡的黄鹤楼；有登高则有腾空欲飞之感的鹳雀楼；有洞庭湖畔下瞰洞庭遥望君山的岳阳楼；有压江挹翠的滕王阁。

它们都名满天下，引诗人传颂，令后人向往，而李白一首《登锦城散花楼》则将唐代成都的一座小楼展现在世人眼前。

李白早年游历祖国山河，十八岁时在戴天大匡山（今四川省江油县内）读书。经常往来于附近的郡县，曾先后出游江油、剑阁、梓州等地，出游时领略到的风土人情和见闻使李白增长了不少阅历与见识。

二十四岁时，长居在一个地方已经满足不了豪迈不羁想走遍天涯的李白，他终于离开家乡踏上征途，他先游成都、峨眉山，而后舟行东下至渝州，最后出蜀而足迹遍天下。

这首诗是李白青年时期游历成都时的作品。此时李白正值青春年华，诗中洋溢着年轻人的朝气。此诗写散花楼之华美，继而写楼上所见景物，抒发了登楼的愉悦之情。

红日高高挂天空，光芒洒照在锦官城的城头，朝霞艳光四射把散花楼映照得光彩耀人。散花楼内描金的窗棂间夹着雕饰华美的门户彩绘，如织锦闪耀着光辉，透亮的珍珠点缀着丝绵薄纱的帘子，帘子间悬挂着透绿的玉钩。从门窗到室内装饰一物一景都华丽不凡，尽显小楼的富丽堂皇，精致繁丽。

诗人开始登楼，在台阶下望着散花楼，小楼的台阶一层叠着一层，一眼望去似乎高耸直入云端。登上高处，诗人极目远望以舒解内心的烦忧。将台阶比作飞梯入绿云。气势之阔大，景象之壮美，已显示出李白的夸张笔法。

从朝霞到日暮的潇潇细雨，江流碧波在雨中荡起波纹，江水弥漫环绕着双流城。整座城市在雨中江水的环绕下充满似水柔情。

最后一句点出作者的主观感受：今天的登高望远，犹如上了九重天游览一样，内心异常满足。

李白先写散花楼一天之内的景色变化，而后进入散花楼，写楼内景象，描摹精细。后登高远望四周，东到三峡，南至双流，意境飘逸深远。初步展现了青年李白的大气诗风，此时的他犹如雏凤在巢，终有一天将遨游九天。

散花楼如此美妙绝伦，却在宋末蒙古军队入侵时遭到了毁灭，一座古楼就这样繁华落尽，只余灰烬。

曾经的美好景物已湮没在滚滚的历史长河里。也许，我们只能在李白的诗中回味散花楼的妙绝风景了。

# 李白　故人西辞黄鹤楼，烟花三月下扬州

## 黄鹤楼送孟浩然之广陵

[唐]李白

故人西辞黄鹤楼，烟花三月下扬州。

孤帆远影碧空尽，唯见长江天际流。

杜甫《饮中八仙歌》中曾说："李白一斗诗百篇，长安市上酒家眠，天子呼来不上船，自称臣是酒中仙。"杜甫用诗打趣李白，可见二人友谊之深厚。

李白为人豪爽，爱把酒言欢，又大气爽朗，这样的大才子所结交的朋友也各有不凡，除了上面写诗打趣他的杜甫外，还有赞他为"谪仙人"的贺知章，文笔雄劲且心怀天下的高适，当时驰名天下的学者、书法家李邕。

而李白一生中还有一个重要的朋友，此人是他的提携举荐者，也是长他12岁的良师，更是他的知心好友，他就是盛唐山水田园诗派第一人——孟浩然。

李白在安陆漂泊时，孟浩然早已诗名远扬，李白对孟浩然

的诗词文采早有耳闻，他多次到离安陆不远的襄阳拜访并呈诗文给孟浩然。孟浩然十分欣赏李白的才华和风采，经常向当权官员或名士举荐李白的诗文。二人惺惺相惜，并结为挚友，每每尽情欢宴。

阳春三月，李白得知孟浩然要去广陵（今江苏扬州），便托人带信，约孟浩然在江夏（今湖北武汉）相会。这天，他们在江夏的黄鹤楼重逢，各诉思念别离之情。几天后，孟浩然乘船一路向东，李白亲自将孟浩然送到江边，两人依依惜别。

船缓缓地开走了，李白久久地伫立在江岸，望着那片孤帆渐渐远去，心里越发怅然，却又真心为孟浩然的扬州之旅感到高兴。回忆过往把酒言欢，不知再聚又在何年，唯愿朋友今后能称心快意。

诗篇题目即点出送别的地点和人物，首句直接写送别地点是传说中费祎乘黄鹤登仙的地方，诗人和老朋友在天下名楼——黄鹤楼道别，正如登仙而去的仙人，朋友也要从这里离开前往广陵。离别之情在这首诗里体现得淋漓尽致。

此时，正是在如烟花般璀璨的初春时。阳春三月，大地一片春意，到处都是生气勃勃的景象。想必朋友这一路上不仅顺风顺水，而且有繁花相伴，心情定会如流水般轻快。

下一句写出友人要去往的地方，那就是春风十里尽繁华的扬州。李白平生素爱游历山河景色，除为一路有繁花相送的友人高兴外，此句也透露出诗人对扬州的向往之情。

终于到了回去的时候了，目送友人离去，远望孤帆已乘风而去，在碧水蓝天的尽头不见踪影，只留一江春水默默东流，而诗人对友人的关心却无穷尽。字里行间都是李白是对友人的情深眷恋和由衷祝福。

《唐诗选胜直解》评价此诗："孤帆远影，以目送也；长江天际，以心送也。极浅极深，极淡极浓，真仙笔也。"李白笔下这万般景致，深在烟花三月迷人眼，浅在长江无边际。

在李白所写的另一首送别诗《赠汪伦》中，"桃花潭水深千尺，不及汪伦送我情"这句的情感表达却截然不同。在这首诗句中，李白是被送之人，汪伦踏歌送别李白，李白深有感触，这深千尺的桃花潭水，也比不上汪伦来送我的真情。

两首诗的相同之处，则是感情之深沉和景象之宏大。李白绮丽壮阔的诗风，由此可见一斑。

# 李白　三山半落青天外，二水中分白鹭洲

## 登金陵凤凰台

[唐]李白

凤凰台上凤凰游，凤去台空江自流。

吴宫花草埋幽径，晋代衣冠成古丘。

三山半落青天外，二水中分白鹭洲。

总为浮云能蔽日，长安不见使人愁。

在诗词中，怀古诗在内容和思想上与其他的古诗比较而言有沉重之感。这类诗都是借古物而抒情，或怀古论今。往往是诗人回顾往昔，抒发内心感慨，其感情基调一般都比较悲伤苍凉。因为名胜古迹无论多美好，都已是曾经的过去，时光无情消逝，岁月变迁，徒留回忆。

方虚谷云："怀古者，见古迹，思古人。其事无他，兴亡贤愚而已。"点出怀古诗的结构内容为诗人临古地，忆古人，思其事。所吟咏的内容无非朝代的兴盛衰落，当事人的际遇变迁，最后便是抒发诗人自己的见解感受。

这类诗多用典故，或沉思忧郁，或雄浑壮阔。当大气磅礴的李白遇到低沉厚重的怀古诗，传统的怀古诗也变得焕然一新，映刻着诗人强烈的风格烙印。

《登金陵凤凰台》是李白登金陵凤凰台而作的怀古抒情之作。

凤凰台在金陵凤凰山上。时人因见有三鸟翔集山间，状如孔雀，众鸟群附，而谓之凤凰。又因起台于山，谓之凤凰山。

诗人来到凤凰台游览，想到凤凰曾在这里栖息的传说，凤凰台上曾经有凤凰来悠然游赏，如今，凤凰早已飞走，只留下空荡荡的凤凰台，山边江水依旧自顾东流。

"凤凰台上凤凰游"，诗人叠用两个凤凰，后一个"凤"字读来朗朗上口，明朗轻快，但是意寓深厚——古代的凤凰是祥瑞的象征，而繁华已落尽，凤凰也已经飞走。伫立凤凰台畔，思绪万千，遥想吴宫昔日繁荣景象，如今几多凄凉，鲜花野草将荒凉的小径深埋在原野里，风吹草低，野花飘摇，吹起旧宫殿的灰尘。晋代以来，多少彪炳一时的权贵人物身后只余荒冢古丘，在历史的长河里消失殆尽，过往的辉煌再也不复存在。

"三山半落青无处，二水中分白鹭洲"：诗人并没有沉浸在对过往繁荣、今日萧条的空寂愁绪里，而是放眼遥望远山近水。三山指金陵城西长江边上三座并列的山峰。三山相连。在云雾缭绕间若隐若现偶见青葱的山影，山峰的剪影仿佛落在青天外，那永恒不变的江水被横截其间的白鹭洲分为两个方向，而江水依然顺着既有的轨迹不断流淌。

在李白看来，一切繁华终会落幕，过往辉煌都会烟消云散，而只有自然会永恒持续下去。所以，在李白的诗中，赞美自然的神奇之句无处不见。

"总为浮云能蔽日，长安不见使人愁"：最后一句又回到现实社会的角度上，陆贾在《新语·慎微篇》中写道："邪臣之蔽贤，犹浮云之障日月也。"浮云就是那遮日的罪魁祸首，而遮蔽圣上的就是那奸邪之臣。后写浮云蔽日的后果，金陵北望长安，诗人站在金陵凤凰山上，奸臣当道，污吏横行，长安怎么会知道我们内心的悲叹呢！

这一语是诗人内心忧国伤神的肺腑之言——忧愁君王为奸邪所蒙蔽，忧愁奸臣为非作歹，也忧愁有才华的贤者不得重用。

全诗一、三联写景，二、四联写时光变幻，借过往繁华对照现实悲凉，兼具时空变幻的壮阔之感。

# 杜甫　吴楚东南坼，乾坤日夜浮

## 登岳阳楼

[唐]杜甫

昔闻洞庭水，今上岳阳楼。

吴楚东南坼，乾坤日夜浮。

亲朋无一字，老病有孤舟。

戎马关山北，凭轩涕泗流。

杜甫在《壮游》一诗中自叙年少时的悠游潇洒时光："往昔十四五，出游翰墨场，斯文崔魏徒，以我似班扬。七龄思即壮，开口咏凤凰。九龄书大字，有作成一囊。性豪业嗜酒，嫉恶怀刚肠。脱略小时辈，结交皆老苍。"

少时学问文章就有所成，游走于翰墨书香中，而个性豪迈疾恶如仇，又比同辈之人成熟，结交的都是有深度有阅历的人。可见杜甫从小眼光就深远，有自己的为人处事交友的原则。

青年时，他畅游山水，领略河山，过了一段意气风发的昂扬生活，如"放荡齐赵间，裘马颇清狂。春歌丛台上，冬猎青丘旁"，而如此这般的心气，也让他自然地生出了宏远的志向。比如，他在《画鹰》一诗中说："何当击凡鸟，毛血洒平芜。"此时的他满怀自信，且充满了坚定豪迈的气概，仿佛梦想就在不远的前方。

可是，杜甫安邦利民的梦想却一直难以实现，大唐的盛世繁华却逐渐凋零落寞，圣上沉浸于声色享乐，官场倾轧严重，世道艰难，人心不古。杜甫在探亲途中，遇见了惊心的一幕，那贫寒荒野之处竟然饿尸遍地，而此时的宫廷里温暖如春，乐声欢笑声响彻云霄——"朱门酒肉臭，路有冻死骨。"

两相对照，现实让人多么无奈，多么悲苦。杜甫想用尽全力扭转局势，造福黎民百姓，可是又无力挽回，这种被生活打击到全无气力的愤恨，这种只能眼睁睁地看着民众受苦却难以有所作为的悲哀，全都被他写进了诗中。

公元755年，"安史之乱"爆发，长安沦陷，唐玄宗率百官避难蜀地。国难当头之际，杜埔却毅然离开刚刚安顿下来的家人，孤身一人投奔新皇唐肃宗所在的武灵，不想却被叛军抓住送到已经沦陷的长安。

杜甫被禁长安，在月夜下思念远方的妻儿，写下《月夜》一诗："今夜鄜州月，闺中只独看。遥怜小儿女，未解忆长安。香雾云鬟湿，清辉玉臂寒。何时倚虚幌，双照泪痕干。"这首诗不仅仅是抒夫妻离别之情，更是当时那个动乱时代里所有妻离子散的民众的苦难缩影。

杜甫身处沦陷的长安，只见昔日的红墙绿瓦、雕梁画栋、亭台楼阁已成残垣断壁，往昔车水马龙的大街也寥无人烟，此时的长安一片荒芜凄凉。他见状百感交集，写下了千古流传的《春望》："国破山河在，城春草木深。感时花溅泪，恨别鸟惊心。烽火连三月，家书抵万金。白头搔更短，浑欲不胜簪。"诗句中震撼人心的悲痛之情让人不忍卒读。

这坎坷半生的经历注定了杜甫一生的沉郁。

据《水经注》卷三十八："湖水广圆五百余里，日月出没于其中。"其中所写的"湖水"，指的就是大名鼎鼎的洞庭湖，而依傍洞庭有高楼拔地而起，曰岳阳楼。

"昔闻洞庭水，今上岳阳楼"：正值暮冬腊月，已步入晚年的杜甫去往三峡的路上泊船于岳阳城下。登楼远眺，回想一生只觉苍凉。首联对仗，"昔闻"是对过去的想象，"今上"是现在的切身体会。时空转换，今日诗人终于登上了岳阳楼，看到了洞庭水，虽有梦想实现的喜悦，但更多的却是多年的抱负还未实现的无奈。

颔联"吴楚东南坼，乾坤日夜浮"，只用十字描写浩瀚磅礴气势，洞庭湖水将吴国和楚国一分为二。日月星辰、天地都漂浮在湖水中，"浮"写出了动态气势，看得出杜甫笔力之雄健。而"浮"字又有漂泊感，让人感叹浮生若梦。

颈联"亲朋无一字，老病有孤舟"写作者感慨，诗人感叹自己身世，他不但政治生活坎坷，精神上受挫，物质上也异常艰辛，拖着苍老的病躯，独自漂泊天涯，却无人问津，无人赏识，只有一叶孤舟陪伴。

尾联写面对这浩渺的洞庭湖水，诗人不只是感叹自己穷愁潦倒的身世，更心怀苍生，凭栏四望，不禁涕泗横流，老泪纵横。

写下此诗时，杜甫已经五十七岁，他此时身患肺病及风痹症，右耳也已失聪，只能靠药物维持已经老病不堪的身体。从身体到心理再到精神上的苦痛折磨，使得杜甫在两年后就黯然离世。

诗圣之所以为诗圣，不仅只因他的诗有圣人风范，更是因为他心系天下，敢于为底层百姓发声的现实主义精神辉耀古今。

# 李益　鹳雀楼西百尺樯，汀洲云树共茫茫

## 同崔邠登鹳雀楼

[唐]李益

鹳雀楼西百尺樯，汀洲云树共茫茫，

汉家箫鼓空流水，魏国山河半夕阳。

事去千年犹恨速，愁来一日即为长。

风烟并起思归望，远目非春亦自伤。

李益出身诗书世家，他不仅诗书才华无双，而且青年就进士及第早早登科。李益的诗作有独到精致之处，《同崔邠登鹳雀楼》这首诗足见其技艺和情怀。

鹳雀楼位于蒲州古城，黄河岸畔。当时兴建此楼是为了瞭望敌情，后唐代诗人于此楼集会游宴，登高吟诗。王之涣笔下的鹳雀楼是"白日依山尽，黄河入海流，欲穷千里目，更上一层楼"。用最简单的语言描绘出最壮观辉煌的景象和最真挚的情思。而李益笔下的鹳雀楼则有着别样风情。

大汉王朝的箫声已经沉默，魏国的山河也如夕阳般缓缓落

下。怀古思今而伤神，当时的唐朝也已经没落，藩邦割据动乱不堪，哪有什么永远的辉煌灿烂啊！

往事已过千年，但那份忧愁还是无法释怀，真可以说是千年恨，一时忧。

风烟骤起，登高远望，何时归乡，这满目的萧条景色让人不禁感伤。又是一年春去，又是一次登高远望。触景生情，追念往昔，叫人徒增怅惘，与其遥想过往云烟，不如欣赏眼前美妙的景致。

怀着愉悦的心情登鹳雀楼，看云烟栖息，看薄雾缠绕，看流水东去，你的视线会变得开阔，心胸也因而变得更宽广。

# 张继 姑苏城外寒山寺，夜半钟声到客船

## 枫桥夜泊

[唐]张继

月落乌啼霜满天，江枫渔火对愁眠。

姑苏城外寒山寺，夜半钟声到客船。

姑苏城外寒山寺的钟声敲响，那悠悠钟声穿越时空，唤醒世人。一首近乎白话的小诗不仅在中国家喻户晓，还流传到日本，甚至连日本孩童都耳熟能详。寒山寺也因此名声大振，一时游人如织，成为游览圣地，甚而日本人为了纪念、追寻此诗意境，在东京也建造了一个寒山寺，并刻了《枫桥夜泊》诗碑。

唐朝安史之乱后，大唐盛世荣耀已逝去，日趋萧瑟，世人皆受离乱、漂泊之苦。月亮悄然落下，乌鸦在夜色里啼鸣，寒冷的秋霜给月夜染上了朦胧的清冷感。

诗人于此时来到了江边，江边的枫叶正红，渔船上灯火阑珊，渔人还未入睡。红色的江枫和昏暗的淡黄灯火相对，这样的凄清迷离，让人满怀愁绪，无法入睡。

而此时姑苏城外那清净庄严的寒山古寺里，传来了肃穆古朴的钟声。

诗人与寺庙总有不断的因缘，所以诗中的寺庙也各有风范。例如，常建的《题破山寺后禅院》："清晨入古寺，初日照高林。竹径通幽处，禅房花木深。山光悦鸟性，潭影空人心。万籁此都寂，但余钟磬音。"让人静心地体会幽然的美。

杜牧《江南春》说："南朝四百八十寺，多少楼台烟雨中。"张祜《题润州金山寺》云："一宿金山寺，超然离世群。僧归夜船月，龙出晓堂云。"江南风光、旧时古寺，都笼罩在这烟雨朦胧中。

世人多在寺庙中寻求超脱世俗的境界，而张继则侧卧渔舟，听古刹钟声抚慰愁绪。

# 白居易　五架三间新草堂，石阶桂柱竹编墙

香炉峰下新卜山居，草堂初成，偶题东壁

[唐]白居易

五架三间新草堂，石阶桂柱竹编墙。

南檐纳日冬天暖，北户迎风夏月凉。

洒砌飞泉才有点，拂窗斜竹不成行。

来春更茸东厢屋，纸阁芦帘著孟光。

白居易《与元九书》中说，他出生六七个月时，乳母指着简单的字读一遍，仍是婴孩的他虽然口未能言，但心里早已默识。可见白居易天资之聪颖，非一般的孩童可比。但虽则天纵英才，他依旧自小刻苦读书，细嫩的双手也因写字、写文磨出了厚厚的茧子。

白居易在年少成名前还有一段鲜为人知的小故事。当时，白居易正值十六岁青春年华，他初出江南首入京城，拿着诗文去拜谒当时的名士顾况。

起初，顾况看着白居易稚气未脱又无比自信的样子，打趣

道："长安城物价高昂，想要居住久留并不容易。"意指"居易"的名字，言外也指京城人才济济，想崭露头角并不容易。

但当顾况读到白居易的诗句"野火烧不尽，春风吹又生"时，不禁赞叹，连忙收回刚才的玩笑话，且郑重看向眼前这个翩翩少年，真诚地说道："有这样的好句子，好文才，即便是长安，居亦何难！"

而白居易的诗篇里最脍炙人口的是长篇叙事诗《长恨歌》。全诗叙述了唐玄宗与杨贵妃的爱情悲剧。语言精练，情节曲折婉转，将历史中的人物加以艺术渲染，在历代读者的心中漾起阵阵涟漪，经久不息，动人心弦。

《长恨歌》的主题，其实是一个巨大的历史事件，而白居易将这个题材拿捏得恰到好处。从爱情入笔又有政治国事上的推入，最后回归到平常人的爱情，让人读后欲罢不能。这是白居易最杰出的诗篇之一，也是他的巅峰之作。

此诗中的佳句也很多，如："回眸一笑百媚生，六宫粉黛无颜色。"杨贵妃姿色令花儿娇羞，这一笑最为动容。如："后宫佳丽三千人，三千宠爱在一身。"弱水三千只取一瓢，三千宠爱集中于一人。如："上穷碧落下黄泉，两处茫茫皆不见。"天上人间地下黄泉，唯独爱人消失不见，如何寻找，情怎么了？如："在天愿作比翼鸟，在地愿为连理枝。天长地久有时尽，此恨绵绵无绝期。"唯愿比翼双飞，紧紧相连，这生死遗恨，比天长比地久，永无尽期。

白居易另一篇叙事长诗《琵琶行》的风格与《长恨歌》全然不同。

千呼万唤始出来，犹抱琵琶半遮面的女子拨弄琵琶，还没成曲就已融入了情。"弦弦掩抑声声思，似诉平生不得志"，诉歌女的平生，也诉说诗人不得志的一生。而后来的白居易，似乎也终于看破尘世，在点滴的温情中收获了喜乐，找到了笑对人生的勇气和力量。

# 元稹  岳阳楼上日衔窗，影到深潭赤玉幢

### 岳阳楼

[唐代]元稹

岳阳楼上日衔窗，影到深潭赤玉幢。

怅望残春万般意，满棂湖水入西江。

元稹，唐河南府东都洛阳人，元稹家族久居东都洛阳世代为官，元稹八岁丧父，其母亲郑氏出身书香门第，肩负起养育元稹并教育他成才的全部重担。元稹没有辜负母亲对他的苦心养育。他十五岁就在朝廷考试中脱颖而出，二十三岁就入仕途，后世将元稹和白居易并称为"元白"。

元白两人情谊深厚，二十四岁的元稹与三十二岁的白居易同登书判拔萃科，二人成为志同道合的挚友，还和张籍、李绅一起在文坛发起了著名的"新乐府运动"，将一场诗歌革新运动轰轰烈烈地搬上了历史的舞台。也因此，后世将白居易、元稹等诗人在元和年间创作的诗歌称为"元和体"。

白居易形容自己和元稹的友谊"然自古今来，几人号胶

漆"。元稹死后白居易作诗《梦微之》纪念他，由其中"君埋泉下泥销骨，我寄人间雪满头"诗句，可知两人的深情厚谊。

元稹在传奇小说这类文学上也有千古名篇留世，他编撰的传奇《莺莺传》（又名《会真记》），成功塑造了崔莺莺这位出身没落士族的少女形象，她被封建礼教束缚，想反抗传统礼教，又充满了矛盾。而故事最后还是以悲剧结尾。

《莺莺传》在当时产生了巨大的轰动。当时，诗人李绅看完故事后有感而发，于是写下了《莺莺歌》一诗。后来，元代王实甫以此为原型，写出了杂剧《西厢记》。后世也有许多以《莺莺传》为蓝本的文学创作。

元稹写诗成就最高，其诗善咏风态之物，言语浅近而意味深远。由《岳阳楼》一诗可体会元稹诗歌的魅力。

此诗视角独特，不写楼内的精巧，不写楼外的远阔，而是重点描摹岳阳楼的倒影，别有一番意韵。

首句，日光播洒，岳阳楼上的古色窗雕刻花倒映在碧波万顷的悠悠洞庭湖水中，进而联想到水底龙宫中的龙女。

后两句诗人将惆怅之情融入景中，怅然地望着窗外已然衰落的残春景象，心怀万般愁意。与之对照，这洞庭湖水却潇洒地顺流而去，不受任何羁绊。

其实，这也是诗人内心深处的独白——我多想也像这湖水一样，静寂时细水长流，狂放时奔流而去啊。

# 杜牧　吴王宫殿柳含翠，苏小宅房花正开

### 悲吴王城

[唐] 杜牧

二月春风江上来，水精波动碎楼台。

吴王宫殿柳含翠，苏小宅房花正开。

解舞细腰何处往，能歌姹女逐谁回？

千秋万古无消息，国作荒原人作灰。

明朝学者杨慎评杜牧，谓其"诗豪而艳、宕而丽，于律诗中特寓拗峭，以矫时弊"。这段话可以说非常恰切。

杜牧的诗歌分为两大类，一类气势豪迈，多怀古论今，词调苍茫，构思惊奇，感情激昂深沉。一类香艳，风华流美，精致婉约。

区别于同时期李商隐作品的幽深绵邈，与晚唐衰颓绮丽繁艳的审美趣味也略有不同，杜牧将清新冷峻、艳而不浮的风格熔为一炉，树立了晚唐诗坛独树一帜的诗风。

《悲吴王城》是一首怀古诗，诗人登三国时期吴王孙权修筑

的都城遗址，怀古登高而抒写个人胸臆。

从题目可见，诗人来到吴王城看到眼前衰败的景象，想到从前吴宫的繁华，必然有所感叹：曾经那么繁荣昌盛的吴城，也在历史长河里化成了灰烬。

首句写景，风光不变而人世已变。二月的春风带着一丝寒意从荡漾的长江上吹来，水波荡漾，揉碎了倒映在水中的楼台的影子。

试想当时多少楼台亭阁，多少繁华兴盛之景，都随着时光转换，如云烟般逝去，又有谁能追得上、逐得回呢？

对比古今变幻，诗人一时感慨万千。

此诗思想深沉，借景物变迁委婉诉情，怀念古迹感叹兴衰，并寄托哀思。

杜牧诗如其人，气格俊逸，峭拔风韵。而此诗则代表杜牧诗歌的多变性。一首怀古诗，韵味隽永悠长，古朴醇厚，情思婉转含蓄，又富有哲理性和思辨性。

# 欧阳修　菡萏香消画舸浮，使君宁复忆扬州

西湖戏作示同游者

[宋]欧阳修

菡萏香消画舸浮，使君宁复忆扬州。

都将二十四桥月，换得西湖十顷秋。

"醉翁之意不在酒，在乎山水之间也，山水之乐，得之心而寓之酒也。"自称"醉翁"的欧阳修，一生陶醉在饮酒游山、怡然自得的悠闲诗意中。

而他的这份乐观自在，也体现在他的从政理念上，他为政"宽简而不扰"。他作为一方父母官时，不故作严肃也不拿架子，反而和民众打成一片，经常带着吏民人等一起游乐山水，或在山间野餐，或在水边赋诗、游戏。

彼时彼刻，他尽情地享受着山水之美，陶醉于与民同乐之中。正如他在《醉翁亭记》里所写的那样：醉了能够和大家一起欢乐，醒来能够用写下这不朽的文章，记叙这乐事的人，唯有欧阳修而已。

此文臻于炉火纯青之境，绘五光十色之景，富清丽深远之意，可谓欧阳修的巅峰之作。然而，在欧阳修乐天达观的外表下，其实藏着很多坎坷与无奈。

欧阳修一生并非顺风顺水，事事遂心。三岁时，其父突然离世，只留下他和母亲相依为命。孤儿寡母无以为生，只得去投奔欧阳修那并不富裕的叔叔。因家境贫苦，没钱买笔墨纸砚，欧阳修的母亲便用荻秆在沙地上书写，苦心教导他读书识字。

欧阳修的童年生活虽十分清贫，但在母亲的悉心教育和叔叔的关怀之下，他也能读书写字学习，也算过得幸福安定。而就是这样的童年遭际，培养了欧阳修知足常乐、随遇而安的乐观心态。

后来，学有所成的欧阳修踌躇满志地参加科举，却两次落榜。终于，他奋发努力，取得了三次地方性科举考试的第一名。殿试时，意气风发的欧阳修对状元志在必得。但造化弄人。因为他的锋芒过于尖锐，主考官们为促使他成才，故意将他的名次挪后。

没有一举得魁，令欧阳修深觉遗憾。欧阳修踏入仕途后，起先度过了一段相当恣意的生活，每日和青年才俊们一起吟诗作赋，四处游乐。而同时，欧阳修也与同道之人开始进行古文创作。

美好的时光总是短暂的，北宋中期，社会矛盾不断激化，欧阳修因支持范仲淹的改革，被贬出京城。自此，他的仕途之路起起伏伏，但他不改其乐，常常饮酒赋诗，尽显潇洒本性："我亦只如常日醉，莫教弦管作离声。"

正因为欧阳修品性高洁，胸怀宽广，所以他从不嫉妒有才华的后辈，对文才出众之士竭力提携。

他在做礼部贡举主考官主持进士考试时，挖掘出了苏轼、苏辙、曾巩这样的人才。而苏洵、王安石等人也是欧阳修的得意门徒。以文章闻名遐迩的"唐宋八大家"，竟有五人都出自欧阳修门下。

欧阳修慧眼识珠，包拯、韩琦、文彦博、司马光等青史留名的大儒名臣，也是他大力提携起来的。

而早已桃李满天下，文扬四海的欧阳修却从未坐享其功。晚年时，他经常拿出自己的文章来修改钻研。这种不断学习的意识，以及对待文学的虔敬态度，也成就了欧阳修"千古文章大家"的名声。

此诗是欧阳修与友人畅游西湖时即兴所作。

唐代大诗人白居易在诗中吟唱："江南好，风景旧曾谙；日出江花红胜火，春来江水绿如蓝，能不忆江南？"

而忆江南，最忆是杭州，杭州最美之处则是西湖。欧阳修一行人来到西湖游赏，只见碧波荡漾，绿叶舒卷间点缀着红色的荷花。如此美景不禁让人想起同样风情万种、景致妍丽的扬州。

李商隐也曾写过红菡萏，但在他眼里，"此花此叶常相映，翠减红衰愁杀人"。这鲜明的颜色，更使人忧愁。

同西湖美景一样，扬州的瘦西湖也有其独特的风情。李斗《扬州画舫录》十五中说："二十四桥即吴家砖桥，一名红药桥，在熙春台后。"而红药桥一名出于姜夔的《扬州慢》："二十四桥仍在，波心荡，冷月无声。念桥边红药，年年知为谁生？"

二十四桥的明月历来令人沉迷，杜牧的《寄扬州韩绰判官》一诗云："二十四桥明月夜，玉人何处教吹箫？"可见二十四桥在历代文人心中的独特性。

欧阳修此诗中为表心意，情愿用那扬州瘦西湖二十四桥的月亮来换这西湖美丽的秋景，更加衬托出西湖之美令人陶醉。

斯人已远，好景难常，愿这动人的西湖秋景，借由这美妙的诗句，长留人们心间。

# 陆游  九重宫阙晨霜冷，十里楼台落月明

### 四鼓出嘉会门赴南郊斋宫

[宋]陆游

客游梁益半吾生，不死还能见太平。

初喜梦魂朝帝所，更惊老眼看都城。

九重宫阙晨霜冷，十里楼台落月明。

白发苍颜君勿笑，少年惯听舜韶声。

陆游生于官宦之家，却遭遇北宋国破之际的混乱动荡，一直在外漂泊。因为从小听到的就是国破家亡、百姓流离的事，他对大人们的爱国激情、悲愤怆然感同身受，从小便立志"上马击狂胡，下马草军书"，并立誓学成后报效国家。

他能文能武，擅长诗词文章，还精于史学；他有军事谋略，却不得重用；他一次一次被贬，一次一次被奸臣排挤，却从未动摇过强烈的爱国之心。即使到了八十二岁，当他得知朝廷下诏伐金时，还兴奋不已地写下了《老马》一诗。

陆游诗风早年英气勃发，风格恢宏肆意，充满爱国激情和热

血澎湃的精气神。在宦海沉浮数载，却一直不受重用。晚年隐居山阴后，诗风逐渐变得厚实朴素，充满旷远的田园风味。世人说他狂放不知礼仪，于是，他给自己起了个别号——"放翁"。

说起南宋爱国诗人，大家提到最多的就是陆游和辛弃疾，而陆游和辛弃疾的诗词都属于豪放派，两人的生活经历也十分相似，而且他们都是主战派。两人所处的时代背景和颠沛流离备受冷落的经历，也形成了两人诗中所共有的豪壮沉郁的风格。

早已名满天下的陆游与辛弃疾相见时，陆游已七十八岁高龄，而辛弃疾也已六十有三。他们彼此仰慕已久，却经历了半生的坎坷才终于相见，二人一见如故，结为一生挚友，这段友谊也是两人晚年难得的美好回忆。

《四鼓出嘉会门赴南郊斋宫》是陆游晚年的作品，诗人用质朴悲凉的语言写出了古建筑的深邃、静谧。

诗人客居他乡，年过半百之际，驱除胡虏的希望依旧渺茫，只希望能在有生之年看到大宋收复失地。诗人在梦中回到被皇帝赏识的场所，醒来却只见苍茫的旧城。

遥远的九重宫高处不胜寒，清晨的霜凄冷不已，夜晚的明月照落在这十里楼台。一早一晚，景象虽阔，却寒冷凄清，也像诗人的心情一样。

到如今，诗人已白发苍苍，容颜老去，他说：希望您看到不要嘲笑我，人在年少时都喜欢听一些太平盛世的舜韶之乐啊。

言有尽而意无穷，从这首小诗中，我们可见陆游一片丹心为国，虽身已老却依旧心系天下的豪迈气度。

# 辛弃疾　东冈更葺茅斋，好都把轩窗临水开

### 沁园春·带湖新居将成

[宋]辛弃疾

三径初成，鹤怨猿惊，稼轩未来。甚云山自许，平生意气，衣冠人笑，抵死尘埃。意倦须还，身闲贵早，岂为莼羹鲈脍哉。秋江上，看惊弦雁避，骇浪船回。

东冈更葺茅斋，好都把轩窗临水开。要小舟行钓，先应种柳，疏篱护竹，莫碍观梅。秋菊堪餐，春兰可佩，留待先生手自栽。沉吟久，怕君恩未许，此意徘徊。

辛弃疾的词有豪迈之风，但其婉约词也极有滋味。他的《青玉案》与其他婉约派大师相比也毫不逊色："东风夜放花千树，更吹落，星如雨。宝马雕车香满路，凤箫声动，玉壶光转，一夜鱼龙舞。"

元宵佳节满城灯火，人们在节日的喜庆里载歌载舞，一派热闹喜悦景象。而就在那喧哗热闹的人群中，"蓦然回首，那人却在灯火阑珊处"，仿佛这天地间的热闹在一瞬间定格，只有那

人在喧嚣中驻足等待，不曾离去。

从中，我们可以看到辛弃疾豪放的心胸下隐藏的细腻情思。这文笔让人折服，雄可壮志，柔可传神。

辛弃疾一生力主抗金，可南宋朝廷苟且偷安，与朝廷风向相悖的他自然屡遭贬斥、备受打压。他感到前途险恶，无法扭转大局，对朝廷失望至极。于是，辛弃疾在上饶城北带湖之畔，修建了一栋新居为隐退做准备。新居落成后，辛弃疾百感交集，于是写下这首词。

上阕，写隐居的房屋初步建成，陶渊明《归去来兮辞》有"三径就荒，松菊犹存"。后人用"三径"指代隐士所居的田园。作者看到新盖的房屋，略有一丝欣慰。辛弃疾号"稼轩"，并自号为"稼轩居士"，以示自己归隐农林之志。

相依为伴的鹤和猿怪我仕宦远游还不回来。"鹤怨猿惊"出于南齐孔稚珪《北山移文》："蕙帐空兮夜鹤怨，山人去兮晓猿惊。"与此词不同的是，这里鹤猿责怪的是隐居的人又走向仕途。

辛弃疾反其道而用此典故：我的志向就在这山水云霞间，为何还在那尘世做官，惹隐士们嘲笑呢？也许早就该归隐山林，不问世事了。可见，满怀一腔热血的辛弃疾屡遭打击后意志渐渐消沉。

既然早就认识到了官场的丑恶，就别天真地认为能改变形势，还是有些自知之明急流勇退吧。再说，诗人也想念家乡味美的鲈鱼脍、莼菜羹了，辞官还乡正好遂了思乡之情。如今，也只能如此劝慰自己了。

下阕主要写对未来生活的规划憧憬。一扫上阕的情绪万千，胸怀变得开阔起来。把东冈的屋子修葺得更加完美，补充生活所需的一些物件。然后打开那与粼粼江水相望的明亮窗户，端坐悠然垂钓。当然，还得在水边种上杨柳，柳条依依，多有风情啊。还要把院落里围上矮小的竹篱笆，这样才能不遮挡冬天赏梅的视线。

幻想了那么多，一句"怕君恩未许"，把一切美好恣意的生活画面都打碎了。如果君主不许我归田，又该如何呢，而词也在这里戛然停止。

到底是一片赤诚报君恩，还是做个安然自在的田园隐士？也许，诗人心底早就有了答案。

# 温庭筠　诗阁晓窗藏雪岭，画堂秋水接蓝溪

清凉寺

［唐］温庭筠

黄花红树谢芳蹊，宫殿参差黛黵西。

诗阁晓窗藏雪岭，画堂秋水接蓝溪。

松飘晚吹掫金铎，竹荫寒苔上石梯。

妙迹奇名竟何在，下方烟暝草萋萋。

唐代著名诗人温庭筠，有"温八叉"之称。他文思敏捷，叉八次手即成八韵赋，速度效率堪比"七步成诗"的曹植。后人将"七步八叉"组成词语，以表达对两位天才的赞叹。

而这两位惊世才俊，一个哀其终生少喜，时坏命蹇；而另一个却一生流落无定、生活困苦。

温庭筠虽才华横溢，却被才名所累。他曾成为科考场上邻座考生的救命稻草，经常为邻座的考生代做文章，人们称他为"救数人"。考场代做文章，虽然显示了他的才能，但他却因扰乱考场，被官方定性为"以文为货""搅扰科场"，自是与金榜无缘。

他为人恃才傲物，言语不羁，有权臣曾请他暗中帮忙作词，

他却将此事散播了出去，并讽刺权臣读书不多，文才欠缺。后来皇帝在诏书中说："读书人应以德为重，文章为末。而你文章再好，也弥补不上你品德上的欠缺。"

温庭筠经历数次落榜，内心异常失望，便写诗抒发怀才不遇的失落。为此，他曾作过一首《过陈琳墓》：

> 曾于青史见遗文，今日飘蓬过此坟。
>
> 词客有灵应识我，霸才无主独怜君。
>
> 石麟埋没藏春草，铜雀荒凉对暮云。
>
> 莫怪临风倍惆怅，欲将书剑学从军。

三国时期，"建安七子"之一陈琳写出《为袁绍檄豫州文》，为曹操重用。而温庭筠进献赋文却不被赏识，他异常气愤又无可奈何。加之他喜欢流连风月场所，是第一位致力于"倚声填词"的诗人。也因此，温庭筠虽盛名满天下，却被人谣传品行败坏，最终流落至死。

温庭筠为花间词派的鼻祖，这一词派题材并不宽泛，大都以婉约手法描写女性的美貌、华美的衣着和离愁别恨之情。以温庭筠以例，他注重文字的锤炼和音韵的运用，多用富丽华彩之词，词风含蓄迷离，意境绮丽幽深。

而事实上，温庭筠的作品内容丰富，有抨击时事之作，也有怀古伤今的感慨。与温庭筠词作的艺术成就相比，温庭筠的诗作也不落下风，他的诗歌承接六朝余风，色彩艳丽，笔调委婉轻柔，与李商隐并称"温李"。

遍观温庭筠作品，《清凉寺》虽然名声不显，但却另有新风，让人耳目一新。

清凉寺内因有著名的文殊圣迹"清凉石"而得名，是五台山最早兴建的寺庙之一。在唐代，清凉寺曾被誉为中国的佛教首府，是整个国家的镇国道场，地位极高。温庭筠此诗描写了清凉寺的建筑，还有周遭的环境。一别以往艳丽的风格，此诗写得异常清俊，富有生趣，又不乏寺庙古刹的清幽沉静。

首联写诗人独自走在去往清凉寺的小路上，只见黄色的花儿渐渐凋谢，红色的树叶簌簌下落，堆满了小路。远远望去，宫殿参差错落，矗立在那青黑色山脉的西边。

颔联写推开藏书阁的窗户，看到那巍峨的雪岭，茫茫雪岭如画风光尽收眼底。

颈联写青翠的松树，傲骨峥嵘，庄重肃穆。清风拂过，响起击打金铎的乐声。空谷回音，铃音清雅，仿佛在感召着众人。在这样的环境下，诗人缓缓登上沾满碧青色苔藓的石板向上而去，只觉得心神安定。

尾联写诗人攀登到山寺的最高处，他来清凉寺里寻找传说中的神迹，可那神迹究竟在何处呢？站在高处向远处望去，只见那烟霭沉沉浮浮，芳草萋萋清清连着天。此句意味深长，作者没有找到神迹，心中的愁绪伴随着夜晚的雾霭一起浮沉。

# 纳兰性德
## 小构园林寂不哗，疏篱曲径仿山家

于中好

[清]纳兰性德

小构园林寂不哗，疏篱曲径仿山家。昼长吟罢风流子，忽听揪枰响碧纱。

添竹石，伴烟霞。拟凭樽酒慰年华。休嗟髀里今生肉，努力春来自种花。

纳兰性德是清朝词坛难以超越的大家。他的词情真意切，更因其显贵的出身而显出一种华贵的悲哀。他和朱彝尊、陈维嵩被后人合称为清代"词家三绝"。他的文学成就斐然，被著名学者王国维称为"北宋以来一人而已"。

纳兰性德的词自然率性、感情真切。顾贞观评价说："容若词一种凄婉处，令人不忍卒读。"纵观纳兰性德的一生，也许可寻到他词风凄婉的原因。

纳兰性德，姓叶赫那拉氏，字容若，号楞伽山人，满洲正黄旗人，是清朝贵族。他原名纳兰成德，后因为避太子名讳而改名纳兰性德。

自幼饱读诗书且满腹经纶的纳兰性德并不是一个文弱书生，他的武艺也很精湛。出身豪门贵族，他完全可以富贵无忧地过这一生，但纳兰性德却非常有志气，十八岁就中了举人，后考取进士，入朝为官。

此后，他用了两年时间兢兢业业地编写了《通志堂经解》，这本书是清代最早出现的一部阐释儒家经义的大型丛书，一经问世，就引发了阅读的浪潮，尤其受到了朝内官员的推崇。当时，很多人都以能拥有这样一部大型丛书为幸。

后来，乾隆皇帝更是称赞此书："是书荟萃诸家，典瞻赅博，实足以表彰六经。"足见纳兰性德学问渊博。

才华横溢的纳兰性德还是康熙皇帝的亲信，曾被授三等侍卫，得到了康熙皇帝的重用。而一切顺风顺水顺心的纳兰性德，又怎会写出如此哀怨伤感的词呢？其实，这跟他的性格和经历大有关系。

也许是什么都拥有，什么都见过，纳兰性德自小个性就非常淡泊，他结交的朋友也是当时不肯落俗的怪异俊才。除了他自幼就十分欣赏李煜，喜欢充满忧愁的婉约词外，原配卢氏难产去世也对他的词风产生了很大的影响——他为去世的妻子所写的悼亡诗，哀思仿若破空而出，令人断肠。

比如："人生若只如初见，何事秋风悲画扇？等闲变却故人心，却道故人心易变。"此句可看出纳兰容若的词情真意切，意境优美，自然浑成如璞玉。

而他的边塞词又大气苍凉，如《长相思》："山一程，水一程，身向榆关那畔行，夜深千帐灯。风一更，雪一更，聒碎乡心梦不成，故园无此声。"

他喜欢水的清澈涵远，欣赏荷花的超凡脱俗，高洁淡泊，因而他的写景词，多描写水、荷。他的词灵气逼人，读之动人心弦，扣人心扉。

这首《于中好》全词写小园安逸之景，抒隐者娴静之情，也表达了了纳兰性德对于平淡生活的向往。

小小的园林一片寂静无声，仿佛把世间喧哗都隔离开，心也跟着安定下来。园林中栽种的稀疏矮小的树木、弯弯曲曲的小径，使人仿佛置身于山野人家。

纳兰性德自小见多了绫罗珠宝，见惯了游宴奢华。而对他来说，高贵的身份却像一个豢养金丝鸟的牢笼，禁锢着他的言行和他的志向，更是限制着他的人生。所以，他对寻常人家平淡、简单的生活充满了向往。

他说：在这样宁静的小园里又能做些什么呢？白天就悠闲地吟唱《风流子》，到了晚上，可以静静地听那碧纱窗里传出的棋子落盘的清脆声音。

他说：闲暇时候，自己动手布置小园，种上一些翠绿竹子，摆上杂乱的石头，将这自然风光融入得更加完美。看着每天的朝霞、雾霭，准备赏着美景、喝着酒来度过年华。不要担心在这安逸舒适的生活中我会无所作为。等来年春天来临时，我将亲自在这里种满花草。

他说：种满花草后，我会日日浇灌、悉心照料，等花开半夏时又能静静欣赏，这份闲情逸致我将永远不会厌烦。

幽静的景致和作者闲适的感情相得益彰，显得如此和谐优美，令人不由浮想联翩……